ヘッダ・ガブラー

毛利三彌 訳

Henrik Ibsen

Henrik Ibsen

002

ヘンリック・イプセン

近代古典劇翻訳〈注釈付〉シリーズ

近代古典劇翻訳〈注釈付〉シリーズについて

○本シリーズでは、近代劇の確立に寄与したとされる劇作家、イプセン、ストリンドベリ、チェーホフの代表的な劇作品を、本国における新しい編集による刊行本を底本として、個別に翻訳出版する。いずれも新訳または改訳である。

○すべて百年以上も前に書かれた作品であるから、古めかしい言葉や言い回しもあるが、原典にできるかぎり沿った訳となるとともに、上演にも適したせりふとなることをめざす。

○一般の読者には分かりにくいと思われる語句や状況、なじみの薄いと思われる習慣や事象、また人名、地名などについて、必要なときは、巻末で注として説明する。

○固有名詞の原発音をカナで表すのは難しい場合が多い。できるだけ原発音に近くすることを心がけるが、慣例にしたがう場合もあり、必ずしも統一された規則によっているとは言えない。

○仮名遣い、言い回し、せりふ記述の書式などは、それぞれの翻訳者の方式にしたがい、シリーズ全体で統一することはしない。

○本シリーズの訳をもとにして上演すること、またこの訳から台本を作成して上演することを歓迎するが、そのときは出版社を通して翻訳者の諒解を得てもらいたい。

近代古典劇をどのような解釈によって上演する場合でも、原作品をできるかぎり理解することは前提となるだろう。その一助となることに、本シリーズ企画の願いがある。

目次

ヘッダ・ガブラー　四幕の劇
第一幕　9
第二幕　59
第三幕　106
第四幕　139

注　168
『ヘッダ・ガブラー』（*Hedda Gabler*）解説　195
訳者あとがき　207
イプセン劇作品成立年代　210

ヘンリック・イプセン作[*1]『ヘッダ・ガブラー』四幕の劇[*2]

登場人物

イェルゲン・テスマン　文化史の奨学研究生[*3][*4]
ヘッダ・テスマン夫人　彼の妻
ユリアーネ・テスマン嬢[*5]　彼の叔母
エルヴステード夫人
判事[*6]ブラック
エイレルト・レェーヴボルグ
ベルテ　テスマン家の女中

劇は町の西方[*7]にあるテスマンの屋敷[*8]で進行する。

（訳者付記　せりふの終りにくる呼びかけの人称（代）名詞が間を置かずに述べられると思われる場合は、通常付される読点を省いている。）

第一幕

広々とした、きれいで趣味よく整えられた客間。[*9] 飾りの色彩は暗い。[*10] 奥に広い開き口があり、横に引かれた引き幕[*11]がさがっている。この開き口のむこうに、客間同様に飾られた小さな部屋。右手の二枚ドアは、玄関ホールへ通じる。反対側の左手にガラスドアがあり、ここもカーテンが引いてある。窓を通して、外に張り出した屋根のあるヴェランダ[*12]の一部と秋の色濃い葉をつけた木々が見える。舞台前面に楕円形のテーブルがあり、テーブルクロスに覆われている。まわりに何脚かの椅子。右手壁の前方に大きな黒い磁器のストーヴ、背の高い肘かけ椅子、クッション付きの足置き、スツール二脚がある。右手奥の隅には、コーナー・ソファと、小さな円いテーブル。左手前方、やや壁から離れたところにソファ。ガラスドア寄りの奥の方にピアノ。奥の開き口の両側にテラコッタやマジョリカ焼きの置いてある飾り棚。――内部屋の奥の壁際にソファとテーブルと椅子が二脚見える。このソファの上に将軍服を着た姿のいい老人の肖像画[*13]がかかっている。テーブルの上には鈍いミルク色のホヤをつけたランプがつり下がっている。――客間のあちこちに花瓶やグラスに活けられた沢山の花束。ほかにも、花束がそれぞれのテーブルの上にある。両部屋とも床には厚いカーペットが敷いてある。——朝の光。日光はガラスドア越しにさし込んでいる。

ユリアーネ・テスマン嬢が帽子とパラソル[*14]を持って玄関ホールから入ってくる。彼女のうしろに、紙で包んだ花束を持ったベルテが従う。テスマン嬢は、感じのいい心優しそうな婦人で、年の頃六十五歳。きちんとした、しかし質素なグレイの散歩服を着ている。ベルテはいくらか年配の女中で、小ざっぱりした、やや田舎風の服装。

テスマン嬢　（ドアの内側に立ち、聞き耳を立てて低く言う）ほんとだ、まだ起きてないようね——

ベルテ　（同じように低く）だから申しましたでしょうお嬢さま。まあ——ゆうべの遅い船[*15]、しかも、そのあとが大変！　——ほんとに、若奥さま、休まれる前に荷物は全部あけると言われて。

テスマン嬢　まあまあ、ゆっくり休ませておこう。でも、起きてきたらすぐに、朝の新鮮な空気が吸えるようにね。

彼女はガラスドアのところに行き、広く開ける。

ベルテ　（手に花束を持って、テーブルのそばで決めかねている）ほんとにもう、置く場所がありません。仕方がない、ここに置きますよお嬢さま。（花束をピアノの上の前方に置く。）

テスマン嬢　ああベルテ、これからは新しいご主人ね。おまえを手離すのは、とてもとてもつらいんだけどね。

ベルテ　（涙ぐんで）わたくしだってお嬢さま！　なんて申したらいいか。あんなに長い間、お嬢さまがたのお世話をしてまいりましたのに。

テスマン嬢　まあ、何とかやっていくよベルテ。ほかにどうしようもない。イェルゲンにはおまえが必要なのよ、どうしたって。小さいときからずっと世話してきたんだから。

ベルテ　でも、寝たきりで、なにもおできにならないあの方のことが心配で。おかわいそうに。今度の女中ときたら！　とてもご病人のお世話なんかできっこありません。

テスマン嬢　ま、ちゃんと教えてやるよ。それに、たいていのことはわたしがやるしね。かわいそうな妹のことは、そんなに心配しなくていいベルテ。

ベルテ　はい、でももうひとつ気がかりなことがお嬢さま。わたくし、若奥さまのお気に入るようにできないんじゃないかと、それがとても心配で。

テスマン嬢　まあ、なに言うんだね――そりゃあ、はじめのうちはなにかと――

ベルテ　若奥さまは、ものごとにひどくこだわるお方ですから。

テスマン嬢　そりゃあそうよ。ガブラー将軍のお嬢さまよ。[*16]将軍が生きていらしたときは、そういうのが普通だったんだ。覚えてる？　お父さまとごいっしょに馬で通りを乗りまわしていた姿。長い真黒の乗馬服で、帽子には羽をつけてさ。

ベルテ　ええ、ええ、もちろんですよ！　――でもあの頃はほんとに、うちの先生[*17]があの方とごいっしょになるなんて、思いもしませんでした。

テスマン嬢　わたしだって。――ああそうだ――ベルテね――忘れないうちに言っておくけど、これからはイェルゲンのこと、先生じゃなくてドクトル[*18]と呼ぶのよ。

ベルテ　はい、若奥さまもそんなことを、――ゆうべ、――家にお入りになるとすぐに。じゃあ、ほんとうなんですかお嬢さま？

テスマン嬢　ああほんともほんと。考えてもごらんベルテ――外国でドクトルの称号をもらったのよ。この旅行中にだよ。そんなことちっとも知らなかったけど、――あの子がゆうべ、桟橋で教えてくれた。

ベルテ　まあまあ――あの方は、そりゃあ、なんにだっておなりになれますでしょう、あんなに頭のいい方ですから。でも、まさか病人まで治すようになるとは。

テスマン嬢　違うよ、そのドクトルじゃないよ。――（意味ありげにうなずいて）それどころか、今にもっと立派な名前で呼ぶことになると思うよ。

ベルテ　まあ！　なんでございますかお嬢さま？

テスマン嬢　（にっこりして）ああ――今にわかるよ！　――（感極まって）ほんとにね、死んだ兄さんが草場の陰から、あの小さな息子がこんなに立派になったのを見たら！（まわりを見て）でもねベルテ――おまえどうしてこんなことしたの？　家具の覆いを全部はいじゃうなんて？

ベルテ　奥さまがそうしろと。椅子に覆いをするのはお嫌いだと言われて。

テスマン嬢　それじゃ、あの子たち、ここを居間に使うつもりなのかね？

ベルテ　はい、そのようです。奥さまのおつもりでは。あの――ドクトルさまは――なにも言われませんでしたけど。

イェルゲン・テスマンがハミングしながら右手より[19]奥部屋へ入ってくる。空の、開いたスーツケースを持っている。中背で若く見えるが、年は三十三歳。やや太っているが、率直そうで丸顔の、にこやかな顔つきをしている。髪も髭もブロンド。眼鏡をかけ、楽な、なんとなく無造作な普段着を着ている。

テスマン嬢　おはようおはよう、イェルゲン！

テスマン　（開き口のところで）ユッレ叔母さん[20]！　ああユッレ叔母さん！（近づいて手を握る）もうきてたの――こんなに早く！　あん[21]？

テスマン嬢　そう、あなたたちの様子をちょっと見なくちゃと思ってね。
テスマン　でも、ゆうべはろくろく休むこともできなかったでしょう！
テスマン嬢　そんなこと、ぜんぜんなんでもないよ。
テスマン　それで、桟橋から無事帰れた？　あん？
テスマン嬢　ええ、大丈夫だったありがたいことに。判事さんがご親切にうちまで送ってくださったのよ。
テスマン　ぼくたちの馬車に乗せられなくて悪かったなあ。でも見たでしょう！　ヘッダったら買い物箱[*22]がすごく沢山だったから。
テスマン嬢　ええほんと、山ほど持ってたね。
ベルテ　（テスマンに）奥さまにご用はないか、おたずねしてまいりましょうか？
テスマン　ありがとう、いいよベルテ——用があったらベルを鳴らすって言ってたから。
ベルテ　（右手へ）はいはい、それじゃ
テスマン　そうだおまえ、このトランクを持ってってくれないか。
ベルテ　（受け取る）屋根裏部屋にしまっておきましょう。

彼女は玄関ホールへのドアから出て行く。

テスマン　あのね叔母さん、――あのトランクはね、書き写したものでいっぱいだった。あちこちの図書資料館で集めてきたもの、まったく信じられんくらい沢山。だれも知らない昔の貴重な資料ばかり――

テスマン嬢　ええ、ええ、おまえは新婚旅行も無駄には過ごさなかったイェルゲン。

テスマン　うん、言うまでもない。でも帽子を脱いだら叔母さん。ほら！　リボン[*23]をほどいてあげる。あん？

テスマン嬢　（彼がそうしている間に）ほんとにまあ――こんなの、おまえがまだうちにいたときとおんなじね。

テスマン　（手で帽子をあちこちまわして見て）いやあ、――すてきな帽子だ、豪勢なのを持ってる！

テスマン嬢　それ、ヘッダのために買ったの。

テスマン　ヘッダのため？　あん？

テスマン嬢　そう、いっしょに通りを歩くことがあっても、わたしのこと恥ずかしくないようにね。

テスマン　（彼女の頬を撫で）ユッレ叔母さんたら、なにからなにまで気をつかって！（帽子をテーブルのそばの椅子の上に置く）それじゃ――さあ――このソファに座って、ヘッダが起きてくるまで少しおしゃべりでもしようか。

二人は座る。彼女はパラソルをソファの隅に置く。

テスマン嬢　(彼の両手を取って見つめる) また元気な姿を見られて、ほんとに嬉しいよイェルゲン。ああおまえ——亡くなったヨックムの一人息子！

テスマン　ぼくだって叔母さん！　またこうやって会えて！　叔母さんはぼくの父親でも母親でもあった。

テスマン嬢　ええ、おまえが年取った叔母さん思いなのはよくわかってる。

テスマン　それで、リーナ叔母さんの具合は相変わらずなの。あん？

テスマン嬢　そうなのおまえ。あの子はもう、よくなるってことがないのよ、かわいそうに。もう何年もおんなじ、寝たっきりで。だけど、もうしばらくは、わたしのところにおいといてくださるように神さまにお願いしたい！　そうでなきゃ、わたしは毎日どう過ごしていいかわからないものイェルゲン。ことに、今はもうおまえの世話はできないんだし。

テスマン　(彼女の背を撫でて) まあまあまあ——！

テスマン嬢　(突然調子を変えて) だけどまあ、おまえが結婚したとはねイェルゲン！　しかも相手はヘッダ・ガブラー！　美しいヘッダ・ガブラー。どうだろう。あの人の周りは、

テスマン　崇拝者でいっぱいだった！　（ハミングして、満足気に顔をほころばせる）ええ、この町には、ぼくをやっかんでいる連中がかなりいるんじゃないかな。あん？

テスマン嬢　その上、長い新婚旅行！　五か月以上――六か月かな――

テスマン　まあ――ぼくには、一種の研究旅行でもあったんだから。行く先々の資料館で調べものをして、沢山の本も読んで、ね！

テスマン嬢　ええ、そりゃあそうね。（より内緒事のように、やや小声で）ところでイェルゲン――おまえなにか――なにかほかに、わたしに話すことはないの？

テスマン　旅行のことで？

テスマン嬢　ええ。

テスマン　いや、みんな手紙に書いたから、ほかにはなにもないと思うけど。博士になったのは――ゆうべ話したよね？

テスマン嬢　ええ、それはもう。いえ、わたしが言うのは――おまえなにか――そのう――そのうちに――？

テスマン　そのうちに？

テスマン嬢　まあ、イェルゲン――わたしはおまえの叔母さんよ！

テスマン　ええもちろん、ぼくもそのうちには、ええ。

テスマン嬢　どう！
テスマン　そのうちには、必ず大学教授になれると思う。
テスマン嬢　ああ教授、そうね――
テスマン　いや――それはもう確実だと言ってもいい。だけどユッレ叔母さん――それはよくわかってるでしょう！
テスマン嬢　（低く笑って）うん、もちろんわかってる。おまえの言うとおり。（調子を変えて）――そうだ、旅行の話だったね――。だけど、沢山のお金がかかったんじゃないイェルゲン？
テスマン　まあ、そう――大きな研究奨学金[*24]でずいぶんと助かったけどね。
テスマン嬢　でもどうやって二人分に間に合わせたのか、不思議でたまらない。
テスマン　いやまあ、そんなに不思議かな？　あん？
テスマン嬢　しかも、夫人同伴だろう。夫人同伴だと、とてもお金がかかるって聞いてるけど。
テスマン　ええ、そりゃあね――当然、普通よりはかかるよ。でもヘッダが、あの旅行をどうしてもって言ってたから叔母さん！　なにがあってもって。ほかに仕方がなかった。
テスマン嬢　ええ、ええ、そうだろうね。新婚旅行は、この頃じゃ流行りだし。――ところで――家の中はもう見てまわった？
テスマン　うん、見たよ。明るくなるとすぐに、ぐるっとまわってみた。

テスマン嬢　それで、まわってみてどう思う？
テスマン　素晴らしい！　文句なく素晴らしい！　ただね、奥の部屋とヘッダの寝室との間に空いた部屋が二つあるんだけど、あれだけはどうしたらいいかわからない。
テスマン嬢　（小さく笑って）あらイェルゲンったら。すぐに必要になるよ――すぐにね。
テスマン　ああ、そうだねユッレ叔母さん！　ぼくの本がだんだん増えてくると――あん？
テスマン嬢　そうだよおまえ。本のこと、わたしが思ったのも。
テスマン　なんてったって、ヘッダのために嬉しいんだ。婚約する前、ヘッダはいつも、大臣未亡人のファルクさんの屋敷以外、住みたい家はないって言ってたんだから。
テスマン嬢　ほんとにね――しかもそれがうまい具合に売りに出されて。ちょうどおまえたちの旅行中に。
テスマン　ええユッレ叔母さん、とても運がよかった。あん？
テスマン嬢　でも高いんじゃないイェルゲン！　おまえにはとても高いんじゃないこんな家？
テスマン　（ややおずおずと彼女を眺め）うん、そうかもね叔母さん？
テスマン嬢　ああ、大変だねえ！
テスマン　どのくらいだと思う？　だいたいのところ？　あん？
テスマン嬢　いいえ、わたしにも見当がつかないよ、全部の請求がくるまでは。
テスマン　まあ、幸い、ブラック判事さんがうまく交渉してくれたっていうから。ヘッダにきた手紙にそう書いてあった。

テスマン嬢　そう、心配することなんかちっともないよおまえ。――それに家具とか敷物は全部、わたしが担保を入れたしね。

テスマン　担保？　叔母さんが？　ユッレ叔母さんに――どんな担保が入れられるっていうの？

テスマン嬢　年金証書[*25]だよ。

テスマン　（とび上がる）なんだって！　――叔母さんと――リーナ叔母さんの年金！

テスマン嬢　そう、ほかに方法はないもの。

テスマン　（彼女の前に立って）気でも違ったの叔母さん！　年金だなんて――それは叔母さんたちの唯一の収入じゃない？

テスマン嬢　まあまあ――そんなに大騒ぎしなくてもいいの、ただ紙の上の形式にすぎないんだから。ブラック判事さんもそうおっしゃってた。ご親切に、手続きはあの方がみんなやってくださった。ただの紙の上の形式だっておっしゃってね。

テスマン　ええ。それはそうかもしれないけど。でもやっぱり――

テスマン嬢　これからは、おまえ、お給料がいただけるでしょう。そりゃあまあ、はじめのうちはわたしたちもちょっと切りつめて――少しぐらい助けてあげなくちゃと思ってるけど――？　わたしたちには、かえって嬉しいのよそれが。

テスマン　ああ叔母さん――いつまでもいつまでも、ぼくのために犠牲になろうっていう！

テスマン嬢　（立ち上がって彼の肩に手をおく）わたしには、おまえの歩く道をなだらかにしてあげることがいちばんの喜びなんじゃないか？　おまえには、世話してくれるお父さんもお母さんもいなかった。今やっとわたしたち、目的達成を目の前にしている！　ときには行く先が真っ暗になったこともあったけど。でもありがたい、おまえは今こんなに立派になったイェルゲン！

テスマン　ええ、ほんとになにもかも、不思議なくらいうまくいった。

テスマン嬢　そう――それにおまえの前に立ちはだかって――邪魔をしてた連中は――ほんと、みんなだめになった。転落よイェルゲン！　あの男、いちばん手ごわい相手だったあの男も今はどん底。――自業自得だ――かわいそうに、頭がおかしいんだよ。

テスマン　エイレルトのこと、なにか聞いてる？　ぼくの旅行中に？

テスマン嬢　新しい本を出したって、ほかにはなにも。

テスマン　ええっ！　エイレルト・レェーヴボルグが？　新しい本？　あん？

テスマン嬢　そう、そういう話。もちろん大したことないよおまえ？　いいえ、おまえの新しい本が出たら――そりゃまあ、ちょっとしたものだろうけどね！　おまえのはどんな本？

テスマン　中世ブラバント地方の家内工業について。

テスマン嬢　いやまあ――そんなことが書けるなんて！

テスマン　だけど、でき上がるのはまだまだ先だよ。まずは集めてきたあれこれ沢山の資料を整理しなくちゃ。

テスマン嬢　そう、収集と整理――おまえの得意とするところだ。亡くなったヨックムの息子というだけのことはある。

テスマン　とりかかるのがとても楽しみなんだ。なにより今は、仕事をするのに気持ちのいい家と家庭を手に入れたから。

テスマン嬢　それになんと言ったって、今はあこがれの君を手に入れたものねイェルゲン。

テスマン　（彼女を抱いて）ああ、ああ、ユッレ叔母さん！　そう、ヘッダ――なによりもなによりも素晴らしい――（開き口の方を見て）彼女、起きてきたようだ。あん？

ヘッダが左手から奥部屋を通って現れる。二十九歳。[*26] 高貴でエレガントな顔立ちと容姿。肌の色は沈んで青白い。青味のあるグレイの眼[*27]は、冷たくはっきりした落ち着きを表わしている。髪はきれいな薄茶色だが、特に豊かとは言えない。着ているものは趣味のいい、ややゆったりしたモーニングガウン。[*28]

テスマン嬢　（ヘッダの方へ行く）おはようヘッダ！　いい朝ね！

ヘッダ　（彼女に手を出して）おはようございますテスマンさま！[*29]　こんなに早くおいでくださって？　ご親切に。

テスマン嬢　（ややまごついて）そのう――若奥さまは新居でよくお休みになれたかしら？

ヘッダ　ええ、ありがとうございます！　まあまあでした。

テスマン　（笑う）まあまあだって！　いや、よく言うよヘッダ！　石っころみたいにぐっすりだったぼく[*30]が起きてきたとき。

ヘッダ　ああそうなの。だけどテスマンさま、新しい環境には順応しなければ。少しずつでも。（左の方を見て）ああ――女中ったらバルコニーのドアを開けっ放しにして。日光の洪水。

テスマン嬢　（ドアの方へ行き）まあ、それじゃ閉めましょう。

ヘッダ　いえいえ、そうじゃなくて！　テスマン、[*31]カーテンを引いてちょうだい。それで光が柔らかくなる。

テスマン　（ドアのところで）よし――わかった。――ほうらヘッダ――これで陰もできて、新鮮な空気も入る。

ヘッダ　ええ、ほんとにここには新鮮な空気が必要。ありがたい花がそこいらじゅう――でも――お座りになりませんテスマンさま？

テスマン嬢　いいえありがとう。もう、ここがちゃんとしているとわかったから――嬉しい！

じゃあ帰ろうか。寝たっきりのあの子が待ってるからね、かわいそうに。

テスマン　よろしく言ってね。今日あとで、お見舞に寄るからって。

テスマン嬢　うんうん、わかった。ああそうだイェルゲン――（服のポケットを探る）うっかり忘れるところだった。おまえに持ってきたものがある。

テスマン　なんなの叔母さん？　あん？

テスマン嬢　（新聞紙にくるんだ平たい包みを取り出し、彼に差し出す）これだよおまえ。

テスマン　（開けて）なんだこれ――とっといてくれたのユッレ叔母さん！　ヘッダ！　感動するじゃない！　あん？

ヘッダ　（右手の飾り棚のそばで）いったい、なあにあなた？

テスマン　ぼくの朝履き[*32]！　スリッパだよ君！

ヘッダ　ああそう。旅行中、しょっちゅう口にしてた。

テスマン　そう、これがなくて淋しくてたまらなかった。（彼女に近づき）ほら、見てごらんヘッダ！

ヘッダ　（ストーブの方へ避け）けっこう。興味ありません。

テスマン　（後についてきて）あのねえ君――リーナ叔母さんが寝たままで編んでくれたんだ。あんな病気だっていうのに。どんなに思い出がいっぱいしみこんでるか、君には想像もつかないよ。

ヘッダ　（テーブルのところで）わたしには、ぜんぜん関係ありません。

テスマン嬢　ヘッダの言うとおりよイェルゲン。

テスマン　ええ、でも彼女も今は家族の一員なんだから――。

ヘッダ　（さえぎって）テスマン、あの女中、もうどうしようもない。

テスマン嬢　ベルテがどうしようもないって？

テスマン　君ねえ――どうしてそんなこと？　あん？

ヘッダ　（指さして）見てよ！　あの椅子の上に、自分の古ぼけた帽子を置きっ放しにしてる。

テスマン　（ぎょっとして、朝履きを床に落とす）だけどヘッダ、ねえ――！

ヘッダ　どうする――お客さまがいらして、こんなのを目にしたら。

テスマン　違うよヘッダ――あれはユッレ叔母さんの帽子だよ！

ヘッダ　そう？

テスマン嬢　（帽子を取る）そう、これはわたしの。それに古ぼけてもいないのよヘッダさん。

ヘッダ　よく見なかったものですからテスマンさま。

テスマン嬢　（帽子をかぶって結び）これをかぶるのは、誓って今日が初めて。ほんとよ。

テスマン　すてきだ。とってもエレガントだ！

テスマン嬢　あら、そんなでもないよイェルゲン。（あたりを見わたし）パラソルは、と――？

テスマン　ここだ。（パラソルを取る）これもわたしの。（もぐもぐした言い方で）ベルテのじゃない。

ヘッダ　新しい帽子に新しいパラソル！　どうだいヘッダ！

テスマン　申し分ない、チャーミング。

テスマン嬢　ね、そうだろう？　あん？　だけど叔母さん、行く前にようくヘッダを見てってください！　申し分ないチャーミングな彼女を！

まあおまえ、そんなの、今さら言うことじゃないよ。ヘッダはいつだってきれいだった。

彼女はうなずいて右手へ行く。

テスマン　（後についてきて）でもね、彼女ふっくらとしてきたの、[33]気がついた？　この旅行でかなりふとったってこと？

ヘッダ　（離れて行き）ああ、ほっといて――！

テスマン嬢　（立ち止まって振り返る）ふとった？

テスマン　うん、ユッレ叔母さん、あのガウンを着てちゃよくわからないだろうけど。でもぼくはわかってる――。

ヘッダ　（ガラスドアのところで、苛々して）ああ、あなたになにがわかるって言うの！
テスマン　チロルの山の空気がよかったんだきっと――。
ヘッダ　（短く、さえぎって）わたしは旅行前とちっとも変わっていない。
テスマン　ああ、そう君は言いはる。ところがどっこい。叔母さんもそう思わない？
テスマン嬢　（両手をくんで、ヘッダを見つめ）美しい――美しい――美しい、ヘッダは。（彼女に近づき、両手で彼女の頭をもって引き寄せ、髪にキスする）ヘッダ・テスマンに神さまの祝福とご加護を。イェルゲンのために。
ヘッダ　（つと身を離して）ああ――！　離して。
テスマン嬢　（静かに心動かされ）あなたたち二人に、毎日会いにきますよ。
テスマン　ええ、きっとね叔母さん。あん？
テスマン嬢　さようなら――さようなら！

彼女は玄関ホールへのドアを通って出て行く。テスマンが外まで見送って行く。ドアは半分開かれたまま。テスマンがリーナ叔母さんによろしくと言い、朝履きの礼を繰り返しているのが聞える。

これと同時に、ヘッダは部屋を行きつ戻りつしながら、激しい憤りにあるかのように腕を上げ、手をくねらせる。ガラスドアのカーテンを開け、立ちつくして外を眺める。

ややあって、テスマンが入ってきてドアを閉める。

テスマン　（床の上の朝履きを取り上げ）そこでなに見てるのヘッダ？
ヘッダ　（落ち着きを取り戻し、抑制して）木の葉を見てるだけ。すっかり黄色くなった。しおれてしまって。
テスマン　（朝履きを包んで、テーブルの上に置く）　ああ、もう九月だものね。
ヘッダ　（またもや落ち着きをなくし）ほんとうに――今はもう――九月。[*34]
テスマン　ユッレ叔母さん、少し変だったと思わない？　なんだか他人行儀みたいで？　どうしたんだと思う？　あん？
ヘッダ　わたし、ほとんど知らないから。いつもはあんなじゃないの？
テスマン　違う、今日みたいなことはない。
ヘッダ　（ガラスドアを離れ）帽子のことで気を悪くしたのかしら？
テスマン　いや、そんなことはないよ。まあ、もしかして、あのときはちょっと――
ヘッダ　でも、サロンに帽子を脱ぎすてておくなんて、どういうマナー！　人はあんなことしない。

テスマン　まあ、ユッレ叔母さんもめったにしないよ、それは受け合う。

ヘッダ　だけど、なにかで償いをします。

テスマン　ああヘッダ、そうしてくれるとありがたいね！

ヘッダ　今日、あとで寄ったとき、夕食にお招きしてくれる？

テスマン　わかった、忘れずに言っとく。それからもうひとつ、君が叔母さんをとっても喜ばせることがあるんだけど。

ヘッダ　ええ？

テスマン　できたら、ユッレ叔母さんと呼んでくれないかな？[*35]　ぼくのためにヘッダ？　あん？

ヘッダ　いえいえテスマン、お願いだからそれは言わないで。前にも言ったでしょう。叔母さまとは言ってみる。それがせいぜい。

テスマン　うんうん。でも、君ももう家族の一員なんだから——

ヘッダ　ああ——そうかしら——

彼女は開き口の方へ行く。

テスマン　（ややあって）どこか悪いのヘッダ？　あん？
ヘッダ　わたしの古いピアノを見てるだけ。これ、ほかの家具と馴染まない。
テスマン　給料をもらったら、第一に新しいのと取り替えよう。
ヘッダ　いえいえ——取り替えないで。これは手放したくない。それより、これを奥の部屋に移せば、代わりにここに別のを置ける。買えるときにってこと。
テスマン　（やや鼻白んで）うん、——それもいいけどね。
ヘッダ　（ピアノの上の花束を取り）この花、ゆうべ着いたときはなかった。
テスマン　ユッレ叔母さんが君に持ってきたんだきっと。
ヘッダ　（花束を調べて）名刺。（とり出して読む）「今日、のちほどまたお伺いします。」これ、だれからかわかる？
テスマン　いや。だれからだ？　あん？
ヘッダ　「エルヴステード村長夫人[*36]」とある。
テスマン　いやあ、ほんとに？　エルヴステード夫人、昔リーシングといった。
ヘッダ　そう。嫌な感じの髪の毛、それでまわりの気を引いてた。あなたの昔のいい人でしょ。
テスマン　（笑う）まあ、長つづきしなかったけどね。それも、君を知る前の話だよヘッダ。しかしまあ——彼女が町にきてるとはねえ。

ヘッダ　変ね、ここを訪ねてくるなんて。わたしは女学校時代に知ってただけだから。

テスマン　うん、ぼくも最後に会ったのは――ほんと、もう何年前だろう。彼女、あんな田舎に引っ込んでしまったから。あん？

ヘッダ　（考えていたが、突然）ねえテスマン――あれは、あのあたりじゃなかった？　あの人がいるのも――あの人――エイレルト・レェーヴボルグ。

テスマン　そうだ、たしかあのあたりだ。

ベルテが玄関ホールへのドアのところに現われる。

ベルテ　奥さま、あのご婦人がまたお見えになりました、さきほどいらしてお花をおいていかれた。（指さして）その、奥さまがお持ちのお花を。

ヘッダ　ああ、その方？　お通ししてちょうだい。

ベルテはエルヴステード夫人のためにドアを開け、自分は退出する。――エルヴステード夫人はほっそりした体つきで、感じのいい穏やかな顔立ちをしている。薄青の目は大きく円く、いくらか出目で、おびえて物問いたげな表情。髪は目を引くような金髪、ほとんど白黄色と言ってよく、非常に豊かに波打っている。ヘッダより二、三歳年下。[*37] 着ているのは黒っぽい訪問着で、趣味はいいが、最新のモードではない。[*38]

ヘッダ　（親しそうに迎えて）こんにちはエルヴステードさん、またお会いできたなんて、ほんとに嬉しい。

エルヴステード夫人　（おどおどして、気を鎮めようと努めながら）ええ、ずいぶん長い間ごぶさたしておりました。

テスマン　（手をさしのべ）ぼくたちもね。あん？

ヘッダ　きれいなお花をどうもありがとう――。

エルヴステード夫人　いいえ、とんでもありません――きのうの午後、すぐにこちらへお伺いしたかったのですが、ご旅行中とお聞きしたもので――

テスマン　最近この町へいらしたんですか？　あん？

エルヴステード夫人　きのうのお昼頃きました。いらっしゃらないとお聞きしたときは、もうどうしていいか、途方にくれてしまいました。

ヘッダ　途方にくれたって！　どうして？

テスマン　でもねえ、リーシングさん――いやエルヴステードさんだった――

ヘッダ　なにか困ったことがあるっていうんじゃないでしょう？

エルヴステード夫人　いいえ、そうなんです。それでわたくし、この町で、ほかにおすがりできそうな方はだれも存じ上げないものですから。

ヘッダ　（花束をテーブルの上に置いて）こちらへいらっしゃい――このソファに座りましょう――

エルヴステード夫人　ああ、わたくし、とてもじっと座ってなんかいられません！

ヘッダ　いいえ大丈夫。さあ、ここへいらっしゃい。

彼女はエルヴステード夫人を引っぱってソファに座らせ、自分はその横に座る。

テスマン　さあ？　それで奥さん――？

ヘッダ　お宅で、なにか大変なことが起こったの？

エルヴステード夫人　ええ――そうとも言えますし、そうじゃないとも。ああ――どうぞ誤解なさらないように、ほんとにお願いします――

ヘッダ　でもねえ、それじゃちゃんとみんな話してくれなくちゃエルヴステードさん。

テスマン　そのためでしょうここにきたのも。あん？

エルヴステード夫人　ええ、ええ――そうなんです。じゃあ申します――まだご存じないのでしたら――エイレルト・レェーヴボルグがこの町にきているんです。

ヘッダ　レェーヴボルグが？
テスマン　いやあ、エイレルト・レェーヴボルグが戻ってきたって！　聞いたかヘッダ！
ヘッダ　ほんとにもう。聞いてます。
エルヴステード夫人　ここにきてもう一週間になります。なんてこと――まる一週間も！　こんな危険な町に。一人で！　ここにはよくない仲間ばかりいて。
ヘッダ　でもねえエルヴステードさん――あなた、彼とはいったいどういうご関係？
エルヴステード夫人　（びくっとして彼女を見、あわてて言う）あの人、うちの子供たちの家庭教師[*39]なんです。
ヘッダ　あなたのお子さん？
エルヴステード夫人　夫の子です。わたくしには子供はおりません。
ヘッダ　じゃあ、義理のお子さんたち。
エルヴステード夫人　はい。
テスマン　（やや、確信のない言い方で）それじゃ彼は、そんなに――そのう、どう言ったらいいかな――そんなに――きちんとした生活をするようになって、それでそんな仕事が頼めるようになった？　あん？
エルヴステード夫人　この二、三年、人にとやかく言われるようなことはなに一つありません。
テスマン　いや、ほんとですか？　聞いたかヘッダ！

ヘッダ　聞いてます。

エルヴステード夫人　ぜんぜんありません、保証します！　どんな点でも。でもやっぱり——この町にいると知ってわたくし——こんな大きな町に——しかも沢山のお金を持って。わたくし、あの人のことが死ぬほど心配なんです。

テスマン　しかし、どうして今住んでるところにいないんです？　あなたやご主人のところに？　あん？

エルヴステード夫人　あの本が出るとあの人、もうわたしたちのところにじっとしていられなくなったんです。

テスマン　ああそうだ——ユッレ叔母さんも、彼が新しい本を出したと言ってた。

エルヴステード夫人　はい、大きな本なんです。文化発展の歴史——とか、なにかそんな。出てから二週間になります。それがよく売れて——大きな反響を呼ぶと——

テスマン　そうなんですか？　それじゃ、しっかりしてた頃に書きためてたものだな。

エルヴステード夫人　昔の、と言われるんですか？

テスマン　そう。

エルヴステード夫人　いいえ、それは全部、わたしたちのところで書いたんです——この一年の間に。

テスマン　それは嬉しい話だなヘッダ！　どうだい！

エルヴステード夫人　ええ、ほんとに、それがつづいてくれさえすれば！

ヘッダ　あなた、この町にきてから彼に会ったの？

エルヴステード夫人　いいえ、まだなんです。あの人の居場所を探し出すのがとても難しくて。今朝やっとわかったんです。

ヘッダ　（彼女を探るように眺め）実のところ、少し変じゃないかしら、あなたのご主人が――ふん――

エルヴステード夫人　（びくっとして、ドギマギし）主人が！　なんですか？

ヘッダ　こんなことにあなたを町へ寄こされるなんて。お知り合いの面倒を見るのに、ご自分がいらっしゃるんじゃなくて。

エルヴステード夫人　いえいえ――主人にはそんな暇はありません。それに――わたくし、少し買い物もありますので。

ヘッダ　（かすかに微笑して）ああ、それなら話は別ね。

エルヴステード夫人　（急に立ち上がり、落ち着きなく）どうか、お願いですテスマンさん――エイレルト・レェーヴボルグが訪ねてきましたら、親切に迎えてやってください！　きっときます。ほんとに、――お二人は昔、親友でいらした。同じことを勉強されて。同じ分野の研究――というのでしょうか。

テスマン　まあ、昔はそうだったけどね、とにかく。

エルヴステード夫人　はい、ですから心からお願いします。どうか――あの人のこと、――目をかけて

テスマン　やってくださいお願いですテスマンさん——お約束してくださいます?
ヘッダ　ええ、喜んでリーシングさん——
テスマン　エルヴステード。
エルヴステード夫人　エイレルトのためなら、できることはなんでもしますよ。安心してらっしゃい。
ヘッダ　ああ、なんてなんてご親切な!(彼の手を握り)感謝します感謝します感謝します!
テスマン　(ビクッとして)あの、主人はあの人のこと、とても好いているものですから!
ヘッダ　(立ち上がる)手紙を書くといいテスマン。おそらくあの人、自分からはここにこないと思うから。
エルヴステード夫人　ああ、それがいちばんいいかもねヘッダ?　あん?
テスマン　早ければ早いほどいい。今すぐ書いたら。
エルヴステード夫人　(哀願して)ええ、どうか、お差し支えなければ!
テスマン　すぐに書こう。住所は知ってますか、そのう——エルヴステードさん?
ヘッダ　はい。(ポケットから小さな紙片を取り出し、彼に差し出す)ここにあります。
テスマン　けっこうけっこう。じゃあ、ちょっと失礼して——(まわりを見回わし)そうだ——スリッパはと?　ああ、ここだ。(包みを取って行こうとする。)
ヘッダ　心暖まる優しい手紙をね。とても長いのを。
テスマン　うん、そうする。

エルヴステード夫人　でも、わたくしがお頼みしたとは、どうかお書きにならないで！

テスマン　ああ、当然ですよ。あん？

彼は奥部屋を通って右手へ去る。

ヘッダ　（エルヴステード夫人に近づき、微笑んで低く言う）　ほうらね！　一石二鳥。*40

エルヴステード夫人　どういうことですか？

ヘッダ　あの人を追っ払いたかったってこと、わからなかった？

エルヴステード夫人　ええ、手紙を書くために――

ヘッダ　それから、あなたと二人きりでお話しするために。

エルヴステード夫人　（とまどって）今の話を！

ヘッダ　ええ、そのこと。

エルヴステード夫人　（不安になり）でも、ほかにはなにもありません奥さま！　ほんとになにも！

ヘッダ　いいえ、もちろんある、もっと大切なことが。わたしの目はごまかせない。こっちにいらっしゃい――さあ、いっしょに座って、二人だけの話をしましょう。

彼女はエルヴステード夫人を、無理にストーヴのそばの肘かけ椅子に座らせ、自分はスツールの一つに腰をおろす。

エルヴステード夫人　（不安気に自分の時計を見る）でも、ほんとに奥さま――わたくしもうおいとましなければ。

ヘッダ　まあ、そんなにあわてなくても――ね？　少しお宅での様子を話してちょうだい。

エルヴステード夫人　ああ、それはいちばん口にしたくないこと。

ヘッダ　でも、わたしにならーー？　ほんとにわたしたち、学校友だちじゃないの。

エルヴステード夫人　ええ、でもあなたは上のクラスでしたし。あの頃はわたくし、とてもあなたが怖くて！

ヘッダ　わたしが怖かった？

エルヴステード夫人　ええ、とても。だって階段で出会ったりすると、決まって髪を引っぱって。

ヘッダ　あら、そんなことした？

エルヴステード夫人　ええ、それに一度なんか、髪の毛を焼いてやるって。

ヘッダ　まあ、そんなの冗談よ、わかってるでしょ。

エルヴステード夫人　ええ、でもあの頃、わたくし馬鹿でしたから。――それに卒業後はとにかく――ずっと離れてましたし――お互い。付き合う友だちがぜんぜん違ってましたから。

ヘッダ　それじゃまた親しくしましょう。いいよね！　学校じゃわたしたち、名前で呼んでた。だから、今もそうしましょう――

ヘッダ　いいえ、それは思い違いです。

エルヴステード夫人　そんなことない！　わたし、はっきり覚えてる。だからまた、昔みたいに仲よくね。（スツールを近づける）ほうら！（彼女の頬にキスする）さあ、これからはわたしのこと、ヘッダと呼んでちょうだい。

ヘッダ　（彼女の手を強く握り）ああ、なんてご親切な、お優しい――！　わたくし、こんな風にされることがまるでなくて。

エルヴステード夫人　まあまあまあ！　それで、わたしはあなたのこと、昔どおり、かわいいトーラって呼ぶ。

ヘッダ　わたくし、テーアといいます。

エルヴステード夫人　ええそう、もちろんテーアね。（同情の面持ちで彼女を見つめ）じゃあなた、優しくされるってことがあまりないのねテーア？　おうちでも？

ヘッダ　ああ、うちと言えるようなものがありましたら！　でももったことがありません。これまで一度も。

エルヴステード夫人　（ちょっと彼女を眺め）ぜんぜんてことはないと思うけど。

ヘッダ　（絶望した感じで前を見つめる）ええ――ええ――ええ。

エルヴステード夫人　はっきりは覚えてないけど、たしかあなた、最初は村長さんのお宅に執事[*41]としてエルヴステード夫人　入ったんじゃなかった？
実際には、家庭教師ってことだったんです。でも奥さんは——その頃体が弱くて、——ほとんど寝たっきり。それでわたしが家事も仕切らなくちゃならなかったんです。

ヘッダ　そして——とうとう——奥さんになった。

エルヴステード夫人　（重く）ええ、そうなりました。

ヘッダ　ええと——だいたいどれくらい前のこと？ 籍を入れた[*42]のがですか？

エルヴステード夫人　ええ。

ヘッダ　もう五年になります。

エルヴステード夫人　そうそう、それくらいね。

ヘッダ　ああこの五年間——！ 特にこの二、三年。ああ、とてもあなたには想像できないでしょうテスマンさん——

エルヴステード夫人　（彼女の手を軽く叩いて）テスマン？[*43] ううんテーア！

ヘッダ　ええ、それじゃ——あの——あなたにわかってもらえたらヘッダー

エルヴステード夫人　（何気ないように）エイレルト・レェーヴボルグがあのあたりに移ってからも、もう三年くらいかな、たしか。

エルヴステード夫人　（確信がないまま、彼女を見て）エイレルト・レェーヴボルグ？　ええ――そうです。

ヘッダ　町にいたときから知ってたの？

エルヴステード夫人　いいえぜんぜん。もちろん――お名前は聞いてましたけど。

ヘッダ　でもあそこで――お宅にくるようになったのね？

エルヴステード夫人　ええ、毎日のようにいらして。子供たちの勉強を見てくれたんです。わたし一人じゃ、みんなの面倒が見られなくなってきたものですから。

ヘッダ　ええ、それはわかる。――それでご主人は――？　きっと出張されることが多いんじゃない？

エルヴステード夫人　ええテスマ――ヘッダ、わかるでしょう、主人は村長として、村をまわらなくちゃ[*44]なりませんから。

ヘッダ　（肘かけ椅子の手すりに身を寄せ）テーア、かわいそうなテーア、みんなお話しなさい――ありのまま。

エルヴステード夫人　ええ、おたずねくだされば。

ヘッダ　ほんとうのところ、あなたのご主人ってどんな方テーア？　つまり――その――いっしょにいて、いたわってくださるの？

エルヴステード夫人　（避けて）できるだけのことはしてるつもりなんでしょうきっと。

ヘッダ　あなたより、かなり年が上じゃなかったかしら。二十《はたち》以上も上でしょう？

エルヴステード夫人　（苛々して）それもですけど。あれこれなにもかも。主人とわたしは、なに一つ気の合うところがないんです！　同じ考えということがない。なに一つ――二人の間では。

ヘッダ　でもやはり、ご主人はあなたを愛してらっしゃるんじゃない？　ご主人なりのやり方で？

エルヴステード夫人　さあ、どうだか。わたしは便利なだけなんです。そんなにお金はかかりませんし。安上がりですから。

ヘッダ　そんなことって、馬鹿ねあなた。

エルヴステード夫人　（頭を振って）ほかにどうしようもありません。主人のことでは。自分以外、だれも気にかけない人ですから。まあ子供たちにはいくらか。

ヘッダ　それからエイレルト・レェーヴボルグにもねテーア。

エルヴステード夫人　（彼女の方を眺め）レェーヴボルグに！　どうしてそう思われるんですか？

ヘッダ　だってあなた――彼のためにあなたをこの町まで寄こされるくらいだから――（ほとんどあるかなきかの微笑）あなたさっき、テスマンにそう言ったでしょ。

エルヴステード夫人　（おどおどして）そうでした？　ええ、言いました。（低く、どっと吐き出すように）ええ――もうなにもかも申します！　そのうちにどうせわかることですから。

ヘッダ　でも、かわいいテーア――？

エルヴステード夫人　はっきり言います！　わたしが家を出たこと、主人はぜんぜん知りません。

ヘッダ　なんですって！　ご主人、ご存じない？

エルヴステード夫人　ええそう。それに今は家におりません。出張中ですあの人。ああわたし、もうこれ以上我慢できなかったんですヘッダ！　もうどうしようもない！　あそこじゃわたし、まったくの独りぼっち。

ヘッダ　そう？　それで？

エルヴステード夫人　それで、身のまわりのものを鞄につめて。どうしても必要なものだけを。だれにも知られずに。家を出てきたんです。

ヘッダ　だれにも黙って？

エルヴステード夫人　ええ、それから列車に乗って、まっすぐこの町へ[*45]きました。

ヘッダ　でもテーア、あなた——そんなことするなんて！

エルヴステード夫人　（立ち上がり、部屋を往き来する）ああ、いったい、ほかにどうすればよかったんでしょう！

ヘッダ　でも、お家に戻ったとき、ご主人なんて言われると思う？

エルヴステード夫人　（テーブルのそばで、彼女の方を見る）主人のところに戻る？

ヘッダ　ええ——そうしたら？

エルヴステード夫人　主人のところへは、わたし、もう戻りません。

ヘッダ　（立ち上がり、近づく）じゃあなた――すべて本気なの――全部捨ててきたの？
エルヴステード夫人　ええ。そうするほかないと思ったんです。
ヘッダ　それで――まったく、人目もはばからずに。
エルヴステード夫人　ええ、こんなことは、どうせ隠しきれるものじゃありませんから。
ヘッダ　だけど、あなたのこと、世間じゃなんて言うと思うのテーア？
エルヴステード夫人　言いたい人には言わせておきます。（疲れた様子で重々しくソファに座る）だってわたし、しなくちゃならないことをしただけですから。
ヘッダ　（短い沈黙のあと）これからどうするつもり？　なにかあてはあるの？
エルヴステード夫人　まだわかりません。わかっているのはただ、エイレルト・レェーヴボルグがいるところにわたしもいなければということだけ。――わたしが生きつづけるとしたら。
ヘッダ　（テーブルからスツールを一つ取って彼女の近くに置き、座って彼女の手をさする）ねえテーア、――どんな風に生まれてきたの、この――この友情の絆は――あなたとレェーヴボルグの間で？
エルヴステード夫人　ああ、少しずつ生まれてきたんです。わたし、言ってみれば、あの人に対して、なにか、力をもつようになったんです。
ヘッダ　そう？
エルヴステード夫人　あの人、それまでの習慣を改めました。わたしが頼んだからじゃありません。そんなこととても言えません。でもあの人、わたしが嫌がってるのを見て、ふっつりと改めてしまったんです。

ヘッダ　（思わず出た侮蔑の微笑を隠して）それじゃあなた、いわば彼を人間として――復活させたってわけね――かわいいテーア。

エルヴステード夫人　ええ、あの人、自分でもそう言ってます。そしてあの人のほうは、――わたしを、いわばほんとうの人間にしてくれたんです。いろんなことを考えたり――理解することを教えてくれました。

ヘッダ　あなたの勉強も見てくれたってわけ？

エルヴステード夫人　いいえ、ただの勉強じゃないんです。あの人、いろんな話をしてくれました。ほんとうに沢山のことを。そうして、あの素晴らしい幸福な時間を分けもつようになったんです、あの人の仕事を助けるという！　あの人の手伝いをさせてくれたんです！

ヘッダ　手伝い？

エルヴステード夫人　そうなんです！　あの人の執筆は、いつも二人共同でやるんです。

ヘッダ　親しい同志[*46]として。

エルヴステード夫人　（生き生きと）同志！　まあヘッダ、――あの人もそう言いました！　――ああ、わたし、ほんとうにすごく幸せのはずなのに。だのにどうしてもだめ。だって、これ

ヘッダ　がいつまでつづくかわからない。

エルヴステード夫人　あなた、彼のこと、それくらいしか信じてないの？

ヘッダ　（重々しく）エイレルト・レェーヴボルグとわたしの間に、ある女の影が邪魔してるんです。

エルヴステード夫人　（緊張して彼女を見る）だれなの、それは？

ヘッダ　わかりません。だれか――過去に関係してた女。その女をあの人、どうしても忘れられない。

エルヴステード夫人　彼はなにか言ったの――そのこと？

ヘッダ　ただ一度――ちょっと――口走っただけ。

エルヴステード夫人　そう！　で、なんて？

ヘッダ　二人が別れるとき、その女はあの人をピストルで撃とうとしたって。

エルヴステード夫人　（冷たく、気を落ち着かせて）まあ、なんてこと！　普通、人はそんなことしない。[47]

ヘッダ　ええ。ですから、きっとその女は、あの赤毛[48]の歌うたいに違いないと思います。あの人が昔――。

エルヴステード夫人　ああ、そうかもしれない。

ヘッダ　あの女、ピストルに弾をこめて持ち歩いてたって噂ですから。

エルヴステード夫人　そう――じゃあ、間違いなくその女ね。

エルヴステード夫人　（手をくねらせ）ええ、ところがヘッダ、――その歌うたいが――今またこの町にきているっていうんです！　ああ――わたし、気が気じゃなくて――。

ヘッダ　（奥の部屋のほうをうかがって）しっ！　テスマンがくる。（立ち上がり、小声で）テーア――これは全部、あなたとわたしだけの話よ。

エルヴステード夫人　（とび上がる）ええ――ええ！　もちろんです――！

イェルゲン・テスマンが手紙を持って、上手から奥部屋を通って現れる。

テスマン　そうら――付け文のでき上がり。

ヘッダ　けっこうね。でもエルヴステードさんはもうお帰りみたい。ちょっと待ってて。門までお送りしてくるから。

テスマン　あのヘッダ、――これをベルテに頼めない？

ヘッダ　（手紙を受け取り）言いましょう。

ベルテが玄関ホールから入ってくる。

ベルテ　ブラック判事さまがお見えになって、ご挨拶したいと申されておりますが。

ヘッダ　そう、どうぞお入りくださいと申し上げて。それから――あのね――この手紙をポストに入れてきてちょうだい。[*49]

ベルテ　（手紙を受け取り）かしこまりました奥さま。

彼女は、ブラック判事のためにドアを開け、自分は退出する。判事は四十五歳の紳士。ずんぐりしているがしっかりした体つきで、動きは柔軟。丸顔で立派な容姿。短く丁寧に刈り込んだ髪[*50]はまだほとんど黒い。眼は生き生きとしていてよく動く。まゆ毛が濃い。口髭も同様で、両端がピンとしているカイゼル髭。エレガントな散歩用の服装[*51]で、年の割りにやや若づくり。鼻眼鏡[*52]をかけ、ときどきそれを落とす。

ブラック　（帽子を手に持って、[*53]挨拶する）こんなに早くからお伺いしてご迷惑じゃありませんでしたか。

ヘッダ　いいえ、ちっとも。

テスマン　（握手し）いつだって歓迎ですよ。（紹介する）ブラック判事さん――リーシングさん――。

ヘッダ　ああ――！

ブラック　（お辞儀する）これは――光栄です――。

ヘッダ　（彼を眺めて笑う）判事さん、明るいときのあなたを拝見するのは、ほんとに面白い！
ブラック　そんなに――違ってますか？
ヘッダ　ええ、少しお若いよう。
ブラック　それは嬉しいかぎり。
テスマン　だけどヘッダはどうです！　ええ？　ふっくらとしてませんか？　前には――。
ヘッダ　ああ、わたしのことはかまわないで。それより判事さんに、いろいろお世話になったお礼を申し上げなくちゃ――
ブラック　そんなこと――わたしの喜びとするところですよ――。
ヘッダ　まあ、お優しい方。でも、わたしのお友だちが帰れなくて困っています。ちょっと失礼、判事さん。すぐに戻ります。

互いに挨拶して、エルヴステード夫人とヘッダは玄関ホールへのドアを通って去る。

ブラック　で――奥方はご満足かな――？
テスマン　ええ、なんてお礼言っていいか。そりゃまあ――あちこち、ちょっと模様替えはしなくちゃとは言ってますけど。あれこれ、ないものもあるし。こまごましたもので、必要なものが。

ブラック　そう？　ほんとに？

テスマン　でも、あなたをわずらわせることはないでしょう。ヘッダが、ないものは自分でそろえると言ってますから。——座りませんか？　ええ？

ブラック　ありがとう。ちょっとだけ。（テーブルに向かって座る）君に話したいことがあるんだテスマン。

テスマン　そう？　ああ、わかってます！（座る）もちろん、始まった宴の台所苦労ってやつですね。ええ？

ブラック　いや、金のことなら、なにもそう急ぐことはない。そりゃあ、もうちっとつつましくできればよかったとは思うがね。

テスマン　でも、それは無理というものです！　ヘッダのことを考えてみてください！　わかるでしょう——そんじょそこいらの住まい*54でいいかなんて、とても言えませんでした！

ブラック　いやいや——まさにそれは問題だ。

テスマン　それに——幸いにして——遠からずぼくは教授に指名されるし。

ブラック　ああ、それね——そういうことは、えてして時間のかかるものでね。

テスマン　なにか新しい情報があるんですか？　ええ？

ブラック　別にはっきり決まったことじゃないんだが――（途中でやめて）ああ、そうだ――君にひとつ話しておくことがある。
テスマン　ええ？
ブラック　君の昔の友だちだったエイレルト・レェーヴボルグね、彼がまた町にきている。
テスマン　ええ、知っています。
ブラック　そう？　どこで聞いた？
テスマン　あの人から。ヘッダが送っていったあの婦人。
ブラック　そう。なんて言ったかな彼女？　よく聞いてなかった――。
テスマン　エルヴステード夫人。
ブラック　ああ――村長夫人か。そうだ――レェーヴボルグはあそこに住んでたっけね。
テスマン　それにまあ――、嬉しいじゃありませんか、彼は完全にまともな人間に戻ったんですって！
ブラック　うん、そういう噂だ。
テスマン　それで、新しい本を出したって。ええ？
ブラック　そのとおり！
テスマン　大変な評判らしいじゃありませんか！
ブラック　まったく異常なくらい評判になってる。

テスマン　ほんとに――嬉しい話ですね？　彼はすばらしい才能の持ち主です。――かわいそうに、完全に身をもちくずしてしまったと思ってたけど。

ブラック　みんなそう思ってたよ。

テスマン　でも、これからどうするつもりだろう！　いったい、どうやって生活していくか？　ええ？

この最後の言葉のとき、ヘッダが奥の部屋から入ってくる。

ヘッダ　（やや馬鹿にした笑いをして、ブラックに）テスマンはいつも、あれこれ人の生活を心配してる。

テスマン　なに言うんだ――かわいそうなエイレルト・レェーヴボルグのことだよ話してるのは。

ヘッダ　（急いで彼を見て）ああそう？（ストーヴのそばの肘かけ椅子に座り、なんでもないようにたずねる）あの人がどうかしたの？

テスマン　そう――遺産は使い果たして、とうの昔に無くなってるだろうし、毎年新しい本を書くなんてこともできないしね。あん？　まあ――だからどうなるんだろうって心配してたんだ。

ブラック　そのことなら、いくらか予想はつく。
テスマン　そう？
ブラック　あの男には、かなり有力な親戚がついてるってこと、知ってるだろう。
テスマン　でも悲しいことに――親戚の連中はみんな愛想をつかしてますよ。
ブラック　以前は一族の星と仰がれていた。
テスマン　ええ昔はね！　でも自分でそれを投げ捨ててしまった。
ヘッダ　どうしてわかる？（薄く笑って）エルヴステード村長のところで、まともな人間に復活したっていうでしょう――
ブラック　それに新しく出た本のこともある――
テスマン　まあね、あそこでなんとか面倒を見てくれるといいんですがね。ぼくもさっき彼に手紙を書いたんです。ヘッダ、今晩うちにくるように言ったからね。
ブラック　だけど君、今晩はおれのところの独身パーティ[*55]にくるはずだろう。ゆうべ桟橋で約束した。
ヘッダ　忘れてたのテスマン？
テスマン　そう、すっかり忘れてた。
ブラック　まあしかし、安心していい。きっとこないから。
テスマン　どうしてそう思うんです？　ええ？

ブラック　（ややためらって、立ち上がり、椅子の背に両手を置く）テスマン――それからあなたも奥さん――。どうせ隠しておくわけにはいきませんから、こういう――その――

テスマン　なにか、エイレルトのことで――？

ブラック　君と彼の両方だ。

テスマン　判事さん、言ってくださいよ！

ブラック　君の教授指名は、思っているほど早くはいかない。そう覚悟しておく必要がある。

テスマン　（不安気にとび上がる）なにか具合の悪いことが起きたんですか？　ええ？

ブラック　教授のポストは、公開討論*56によって決められるらしい。

テスマン　公開討論！　聞いたかヘッダ！

ヘッダ　（椅子に深く背を沈め）まあ、おや――おや！

テスマン　しかしだれとです！　まさかそれは――？

ブラック　そのとおり、エイレルト・レェーヴボルグだ。

テスマン　（手を叩き）いやいや――そんなこと考えられない！　絶対あり得ない！　ええ？

ブラック　ふん――しかし、やはりそういうことになる。

テスマン　でも判事さん――そんなこと、信じられない、まったくぼくのことを無視してる。（腕をふりまわし）だって、――いいですか――ぼくは結婚したんです！　これを見込んで結婚したんですよヘッダとぼくは。この家を買った借金も沢山ある。ユッレ叔母さんからもお金を借りています。なんてこと――教授の地位はほとんど約束されていたんだ。ええ？

ブラック　まあまあ――教授になるのは間違いない。ただその前に、競争相手との立ち合いがあるだけだ。

ヘッダ　（椅子に座ったまま動かず）ねえテスマン――これ、一種のスポーツってとこね。

テスマン　でもヘッダ、君ねえ、どうしてそんなに平気でいられるんだ！

ヘッダ　（前と同じく）とんでもない。わたし、結果がどう出るか、すごくわくわくしてる。

ブラック　とにかく奥さん、今は事情を知っておいたほうがいいと思いましてね。つまり――あなたがどうしてもと言ってるという、こまごました買物に出かける前にですね。

ヘッダ　だからって、予定変更はありません。

ブラック　そう？　それなら話は別です。おいとまします！（テスマンに）午後の散歩のとき、誘いにくるから。

テスマン　ああ、ああ――なにがなんだかわからなくなってしまった。

ヘッダ　（座ったまま手を出して）[*57]さようなら判事さん、またあとでいらして。

ブラック　どうもありがとう。さようならさようなら。

テスマン　（ドアまで送って）さようなら判事さん！　ここで失礼しますが――。

ブラック判事は玄関ホールへのドアを通って去る。

テスマン　（部屋を横切り）ああヘッダ、――人間、決しておとぎの国へ踏み込むもんじゃないな。あん？

ヘッダ　（彼を眺め微笑する）あなた踏み込んだの？

テスマン　そうだよ君――違うと言えるか――ただの見込みだけで結婚して家をかまえるなんて、おとぎ話みたいなものだ。

ヘッダ　まあ、そうかもね。

テスマン　でもまあ――とにかく、この気持ちのいい家はぼくらのものだヘッダ！　どうだ――二人して夢みていた家。夢中だったと言ってもいい。あん？

ヘッダ　（ゆっくり立ち上がり、疲れた様子で）いろんな客をもてなすサロンにするって約束だったこの家。

テスマン　まったくだ――それを楽しみにしてたぼくは！　どうだ――君は女主人として――、えらばれた客だけで！　あん？――いやいやいや――しばらくは、ぼくら二人だけで寂しく暮らすことになるね。ときどきユッレ叔母さんが訪ねてくるくらいで――ああ、君はずっと――ずっと違った暮らしをするはずだったんだがねえ――！

ヘッダ　従僕*58もももちろん、当分だめね。

テスマン　ああだめだよ――残念だけど。従僕をおくなんて――とてもできた相談じゃない、わかるだろ君。

ヘッダ　それから、馬も、わたしが乗るはずだった――。

テスマン　（びっくりして）馬！

ヘッダ　――今は考えないことにする。

テスマン　そんなの――言うまでもない！

ヘッダ　（部屋を横切って）まあ、――それでも、しばらくは慰めになるものを一つだけ持ってる。

テスマン　（喜びに輝き）それはありがたい！　なんだそれはヘッダ？　あん？

ヘッダ　（開き口で、侮蔑の気持ちを隠し、彼を眺め）わたしのピストル――イェルゲン。

テスマン　（不安になって）ピストル！

ヘッダ　（冷たい目つきで）ガブラー将軍のピストル。

彼女は奥部屋を通って左手へ去る。

テスマン　（開き口までとんで行き、彼女のあとに向かって叫ぶ）いけないよ、お願いだ、かわいいヘッダ――あんな危ないもの手にしないでくれ！　ぼくのためにヘッダ！　あん？

第二幕

第一幕と同じテスマン家の部屋。ピアノだけが消えており、代わりに本棚付きのエレガントで小さな書き机が置いてある。小さなテーブルは左手のソファのそばに移されている。ほとんどの花束は取り除かれ、エルヴステード夫人の花束は舞台前面の大きいテーブルの上に置いてある――。午後。

ヘッダが一人、迎客用のドレスで部屋にいる。彼女は、開いたガラスドアのところに立ち、ピストル*59に弾をこめているが、対になっているもう片方のピストルは書き机の上にある開いたピストルケースの中にある。

ヘッダ　(庭を見下ろし叫ぶ)もう一度こんにちは判事さん！
ブラック　(遠く下の方から聞こえる)　こんにちは奥さん！
ヘッダ　(ピストルを構え、狙う)　さあ、撃つわよブラック判事！
ブラック　(下で叫ぶ)　だめだめだめ！　こっちに向けないで！

ヘッダ　裏口から忍んでくるものは撃つ！

彼女はピストルを撃つ。

ブラック　（より近くで）ほんとに、気でも違ったんですか――！

ヘッダ　おやまあ――あなたに当たったのかしら？

ブラック　（まだ外で）悪ふざけもほどほどにしてください！

ヘッダ　じゃ、お入りになって判事さん。

判事ブラックは男性パーティ用の服装に着替えており、*60 ガラスドアから入ってくる。腕に薄いオーバーコートを持っている。

ブラック　しょうのない――まだその遊びをやめないんですか？　なにを撃つんです？

ヘッダ　こうやって青空を撃ってるだけ。

ブラック　（穏やかに彼女の手からピストルを取る）失礼、奥さん。（それを眺める）ああ、これは――よく知ってますよ、（まわりを見る）ケースはどこ？　ここか。（ピストルを入れて蓋をしめる）今日のお遊びはこれでお終い。

ヘッダ　じゃいったい、どうやって暇をつぶせっていうの？

ブラック　客はこないんですか？

ヘッダ　（ガラスドアをしめる）一人も。親しい人はだれも、まだ避暑から戻っていない。

ブラック　それで、テスマンも留守？

ヘッダ　（書き机の引き出しにピストルケースをしまう）ええ。お昼もそこそこに叔母さんのところへ走って行った。あなたがこんなに早くみえるとは思ってなかったんでしょう。

ブラック　ふん――それは気がつかなかった。わたしも馬鹿だな。

ヘッダ　（首を回して彼を見る）どうして馬鹿？

ブラック　そうでしょう。そういうことなら、もうちっと――早くくればよかった。

ヘッダ　（部屋を横切る）ええ、そうすればだれもいない。わたしはお昼*61のあと、部屋で着替えをしてたから。

ブラック　でもドアには、ほんの小さな隙間ぐらいあるでしょう、お互いに話のできる？

ヘッダ　そういう隙間を作っておくの、あなた忘れてた。

ブラック　その点もまた、馬鹿だったたってわけだ。

ヘッダ　さあ、それじゃここに座って待ちましょうか。テスマンは、そうすぐには戻らないでしょうから。

ブラック　ええ、ええ、けっこうです、わたしは我慢強い。

ヘッダはソファの隅に座る。ブラックは、すぐ近くの椅子の背にコートをかけて座るが、帽子は手に持っている。短い間。彼らは互いを見つめている。

ヘッダ　で？
ブラック　（同じ調子）で？
ヘッダ　聞いたのはわたしが先。
ブラック　（やや前にかがんで）ねえ、少し気楽にお話ししましょうよヘッダさん。
ヘッダ　（ソファにいっそう身を沈め）わたしたち最後に話をしたのは、永遠の昔だったたって気がしない？――ゆうべと今朝のは――もちろん数えない。
ブラック　つまり――わたしたちの間で？　二人だけってこと？
ヘッダ　ええ、まあそう。
ブラック　わたしは、毎日のようにこのあたりをうろついて、あなたが戻ってこられることだけを願ってた。
ヘッダ　そしてわたしも、ずっと同じことを願ってた。
ブラック　あなたも？　ほんとにヘッダさん？　あなたは心から旅行を楽しんでるとばかり

ヘッダ　思ってた！

ブラック　ええ、まったくね！

ヘッダ　だってテスマンの手紙には、いつもそう書いてありました。

ブラック　ああ、あの人！　あの人は、図書館にもぐり込んでるのがいちばん楽しいのよ。大昔の資料というか――そんな物を写していることが。

ヘッダ　（やや意地悪く）　まあ、それがこの世における彼の天職なんです。少なくともその一部。

ブラック　ええ、おっしゃるとおり、間違いなし――。でもわたしは！　ああ、だめ、判事さん――反吐が出るくらい退屈だった。

ヘッダ　（同情して）　ほんとうに？　真面目な話？

ブラック　ええ、おわかりでしょ――！　まるまる半年の間、サロン仲間といえそうな人にはだれも会わない。お互いの話ができるような人には。

ヘッダ　いやいや――それはわたしもたまらないでしょうね。

ブラック　その上、どうにも我慢ができないのは――

ヘッダ　ええ？

ブラック　――いっしょにいるのが、永遠に――同じ一人の人ってこと――

ヘッダ　（同意するようにうなずいて）　朝から晩まで――そう。いや――年がら年中。

ヘッダ　わたしは、永遠にと言ったの。

ブラック　なるほど。しかし、わが善良なるテスマンのことだから、確信をもって言えますがね——

ヘッダ　テスマンは——学者よあなた。

ブラック　言うまでもない。

ヘッダ　学者というのは、いっしょに旅行をして面白い人種じゃ決してない。長旅なら、なおのこと。

ブラック　たとえその学者が——愛する人でも？

ヘッダ　ああん——そんなでれでれした言葉、使わないでちょうだい！[*62]

ブラック　（びっくりして）なんですってヘッダさん！

ヘッダ　（半ば笑い、半ば苛々して）ええ、あなたも試してみるといい！　朝から晩まで、聞かされるのは文化史の話——

ブラック　永遠に——

ヘッダ　そうそうそう！　それから、中世家内工業について——！　まあ、あれくらい退屈な話はない！

ブラック　（探るように彼女を見て）しかし、教えてくれませんか——ほんとうのところ、どう考えればいいのか——？　ふん——。

ヘッダ　わたしとイェルゲン・テスマンがいっしょになったってこと？
ブラック　まあそう、そういう言い方でもいいですね。
ヘッダ　まったく、それがそんなに不思議？
ブラック　そうでもあり、そうでもない――ヘッダさん。
ヘッダ　わたし踊り疲れてたの判事さん、わたしの盛りはすぎた――（ややびくっとして）ああ、いいえ――そんなこと、とんでもない。考えもしない！
ブラック　根も葉もないこと、安心してらっしゃい。
ヘッダ　ああ――根も葉も――（同じく探るように彼を見て）それにイェルゲン・テスマン――あの人がどの点でも、誠実な男であることはだれもが認めるでしょう。
ブラック　誠実堅固。間違いなし。
ヘッダ　それに、あの人、とても滑稽だというわけじゃない。――あなた、滑稽だと思う？
ブラック　滑稽？　いいーえ――そうは言いません――
ヘッダ　ええ。しかも資料収集にかけてはだれにも引けをとらないし！　――ほんとうにそのうち、なんとか物になることもあるでしょう。
ブラック　（いくらか確信がなく、彼女を見る）あなたもみんなと同じように、彼は非常に出世する男だと言ってませんでした？
ヘッダ　（疲れた表情で）ええ、言ってました――だからあの人がやってきて、わたしの面倒を見たいと心から申し出てきたとき――それを受けちゃいけなかったなんてどうして言えるかしら？

ブラック　いやいや、そういうことなら――

ヘッダ　それは、ほかの機嫌とりの男友だちよりは、ずっと心がこもってた判事さん。

ブラック　（笑う）いや、ほかの連中のことまでは、もちろん責任は持てませんがね、しかしわたしに関するかぎり、ご存じでしょう、夫婦の絆には、いつもそれなりの――まあ、尊敬の念を抱いてますから。そのう、一般的にですがねヘッダさん。

ヘッダ　（冗談めかして）まあ、あなたのことで、なにかを期待したことなんか一度もありません。

ブラック　わたしの望みはただ、しっかりとした気のおけないお付き合いの仲間、なにくれとお役に立ち、自由な出入りを許してもらえる――安心できる友人として――

ヘッダ　この家の主人の友人としてってことね？

ブラック　（お辞儀をして）率直に申せば――女主人の友人として、というのがいいですね。しかしまた主人の友人でもある、当然です。ご存じですか――そういう――なんと言うか、いわば三角関係*63――それは実際のところ、だれにとっても大変気の休まるものですよ。

ヘッダ　ええ、わたし、旅行中は幾度も、三人目がいたらって思った。ああ――列車の客室にたった二人で座っているなんて[64]——！

ブラック　幸いにして、新婚旅行はもう終わり——

ヘッダ　（頭をふる）旅はつづく——まだまだ長く。ただ途中の駅についたというだけ。

ブラック　じゃあ、ちょっと外に出て、手足を伸ばしてみたらヘッダさん。

ヘッダ　わたしは決して外には出ない。

ブラック　ほんとうに？

ヘッダ　ええ。だって、決まってそこにはだれかがいて——

ブラック　（笑いながら）——足元から見上げてる[65]？

ヘッダ　ええそう。

ブラック　まあしかし、いったい——

ヘッダ　（手で拒否の動作）嫌なの。——そんなくらいなら座ってたほうがまし——もといたところに。二人きりでも。

ブラック　まあそれなら、第三の男が乗ってきて二人に加わりましょう。

ヘッダ　ああそう——それなら話は別！

ブラック　安心できる物わかりのいい友人が——

ヘッダ　——あれこれ世間話で楽しませてくれる——

ブラック　——学者くささはみじんもない！

ヘッダ　（聞こえるくらいのため息をして）ああ、それならきっと心が晴れる。

ブラック　（入口のドアが開くのを聞いて、そちらに目を向ける）三角関係のでき上がり。

ヘッダ　（ささやき声で）そして列車の旅はつづく。

イェルゲン・テスマンがグレイの散歩用の服を着て、フェルトの中折れ帽子をかぶり、玄関ホールから入ってくる。彼は、腕に沢山の未製本の書籍[*66]をかかえ、ポケットにも入れている。

テスマン　（コーナー・ソファの前のテーブルにまっすぐに行き）ふあっ——暑いのなんのって——こんなに運んできて。（本を置いて）大汗かいたよヘッダ。いや、これはこれは——もうきてたんですか判事さん？　ええ？　ベルテはなにも言ってなかった。

ブラック　（立ち上がり）庭を通ってきたんでね。

ヘッダ　なんの本を買ってきたの？

テスマン　（立ったまま本をめくって）新しい専門書だ、どうしても読まなくちゃならないもの。

ヘッダ　専門書？

ブラック　ははあ——専門書ですよ奥さん。

ブラックとヘッダは、微笑を交わしてうなずく。

ヘッダ　まだそんなに専門の本が必要なの？

テスマン　そうだよヘッダ。こればかりは読みすぎるってことがない。書かれたものは次々と読まなくちゃ。

ヘッダ　そりゃそうね。

テスマン　（本をかきわけて）それからこれだ——ここにエイレルト・レェーヴボルグの新しい本も買ってきた。（それを差し出す）見てみるヘッダ？　あん？

ヘッダ　いいえけっこう。まあ——あとで多分。

テスマン　道々、ちょっと読んでみた。

ブラック　それでどう思う——学者として？

テスマン　すばらしいと思う、すごく深い思索です。これだけのものを書いたのは初めてじゃないかな。（本を寄せ集め）でも、全部、奥へ運んでおかなくちゃ。頁を切るのが楽しみだ[*67]——！　それからちょっと着替えをしなくちゃね。（ブラックに）ねえ、すぐに出かけることもないでしょう？　ええ？

ブラック　もちろん——あわてることはちっともない。

テスマン　じゃあ、ゆっくりしますから。（本をもって行く。開き口で立ち止まり、振り向く）そ

ヘッダ　うだヘッダ――ユッレ叔母さんは今晩こられないよ。
テスマン　そう？　やはり帽子のこと、こだわってらっしゃる？
ヘッダ　とんでもない。ユッレ叔母さんにかぎってそんなこと？　ほんとに――！　でもリーナ叔母さんの具合があまりよくないんだよ。
テスマン　今さらのことじゃないでしょう。
ヘッダ　うん、でも今日は、特によくないんだ気の毒に。
テスマン　まあ、それじゃそばにいてあげるのが当然ね。わたしは我慢します。
ヘッダ　でもユッレ叔母さん、すごく喜んでた。君には想像もできないくらい――君が旅行でとってても元気になったたって！
テスマン　（立ち上がり、聞こえるか聞こえないほどに）ああ――いつもいつも叔母さん！
ヘッダ　なに？
テスマン　（ガラスドアのほうへ行き）なんでもない。
ヘッダ　ああ、じゃあ。

彼は奥部屋を通って右手へ去る。

ブラック　帽子のことって、なんなんです？

ヘッダ　ああ、今朝テスマン叔母さまがきたときのこと。自分の帽子をそこの椅子に置きっ放しにしてたの、（彼を見て、にやりとする）それでわたし、それを女中のだと思ったふりをした。

ブラック　（頭をふる）しかしまあヘッダさん、どうしてそんなことを！　人のいいお年寄りに！

ヘッダ　（神経質に部屋を横切る）ええ、そうなの――そういうことが突然わたしをつかんでしまう。そうするともう我慢できない。（ストーヴのそばの肘かけ椅子に身を投げる）ああ、自分でもなんて説明していいかわからない。

ブラック　（肘かけ椅子の背後で）あなたはどうも、幸せじゃないんですね、――それが理由ですよ。

ヘッダ　（前を見つめ）わからない、どうしてわたしが――幸せでなくちゃならないのか。あなたに言える？

ブラック　ええ、――ほかのことはさしおいても、あなたは望んでたとおりの家を手に入れたんですから。

ヘッダ　（彼を見上げ、笑う）望んでたなんて、あなたもそんな話、信じてるの？

ブラック　じゃ、なにもなかった？

ヘッダ　それはもちろん――ありました。

ブラック　それで？

ヘッダ　あのね、去年の夏、わたしパーティの帰りはテスマンに家まで送らせていただ[*68]でしょう――

ブラック　残念ながら――わたしはまったく別の道だったもので。

ヘッダ　そのとおりね。去年の夏はあなた、別の道を歩いてた。[*69]

ブラック　（笑う）ひどいことを、ヘッダさん！　しかし――その、あなたとテスマンのことは――？

ヘッダ　ええ、それである晩、わたしたちここを通りかかった。あわれなテスマンは、もじもじのしつづけ。なに一つ話の種を見つけられなくてね。それでわたし、あの学識豊かな先生がかわいそうになって――

ブラック　（疑いの微笑で）あなたが？　ふん――

ヘッダ　そう、お生憎《あいにく》さま。それで――苦しんでるあの人を助けるために――ほんの軽はずみに、こんな館に住みたいものだって言ったの。

ブラック　ただそれだけ？

ヘッダ　その晩はね。

ブラック　じゃ、そのあとに？

ヘッダ　ええ。わたしの軽はずみは、そのままじゃすまなかった判事さん。

ブラック　残念ながら――われわれの軽はずみってやつは、いつだってそうですよヘッダさん。

ヘッダ　どうもありがとう！　ところが、このファルク大臣夫人の館を熱望することにおいて、イェルゲン・テスマンとわたしの相互理解が成立したってわけ！　その結果、婚約、結婚、新婚旅行、そしてなにもかも。ええ、ええ、判事さん――寝床を敷きゃあ、寝にゃならん――と言うでしょう。*70

ブラック　これはいい！　で、実際にはあなた、この家にちっとも興味はもっていなかった。

ヘッダ　ええ、もってるものですか。

ブラック　でも、今はどうです？　あなたが住みやすいようにと、いろいろ取りそろえておいたんですがね！

ヘッダ　ああ――どの部屋もどの部屋も、ラヴェンダとすっぱいバラの匂い。――でもその匂いは、ユッレ叔母さんが運んできたものかもね。

ブラック　（笑う）いや、それは亡くなった大臣夫人の残していったものだと思いますよ。

ヘッダ　ええ、どこか死んだものの匂い。パーティの翌日の花かしら。（首の後ろに手をくんで、椅子の背に寄りかかり彼を見る）ああ判事さん――わたし今にここで恐ろしく退屈してくるでしょう、とてもあなたにはわからない。

ブラック　あなたの人生にも、なにか一つ二つは、すべき仕事があるんじゃありませんかヘッダさん？

ヘッダ　仕事——熱中できる？

ブラック　できればね、もちろん。

ヘッダ　いったいどんな仕事があるって言うの。まあ、よく考えたのは——（やめて）それはとてもだめ。

ブラック　どうしてわかる？　言ってごらんなさい。

ヘッダ　テスマンを政界に送り込めたら。

ブラック　（笑う）テスマンを！　いや、あのね、——政治なんて向いてない——ぜんぜん、彼には。

ヘッダ　ええ、わたしもそう思う。——それでも、あの人を政治家にできたら？

ブラック　いや、それであなたは満足するというんですか？　彼にそんな力はないというのに。どうしてそんなことさせたいんです？

ヘッダ　退屈だから、言ったでしょう！（ややあって）あなた、それじゃテスマンが総理大臣になるのは、絶対に不可能だと思う？

ブラック　ふん——いいですか、愛するヘッダさん——そうなるには、彼はまず相当に金持ちでなくちゃならない。[*71]

ヘッダ　（苛々して、立ち上がり）そうら出てきた！　わたしが落ち込んだのはこの貧乏ったらしい境遇——！（部屋を横切り）これが人生をみじめにする！　滑稽極まりないものにする！　――そうなのよ。

ブラック　理由は別にあると、わたしは思いますがね。

ヘッダ　どこに？

ブラック　あなたはまだ一度も、のっぴきならない経験をしたことがないんですよ。

ヘッダ　なにか真剣になるようなこと？

ブラック　ええ、そう言ってもいい。でも今に、そういうことが生じてくるでしょうね。

ヘッダ　（ふんと言うように）ああ、あのあわれな教授指名の騒動ね！　でもそれはテスマンの問題。わたしにはなんのかかわりもない。

ブラック　いやいや、それはどうでもいい。しかし今にあなたにも――いわば――いささか大げさに言うなら――全身にのしかかる――責任を伴うことが求められるのでは？
（にやりとして）新しい要求が、かわいいヘッダさん。

ヘッダ　（怒って）お黙りなさい！　そんなことには絶対にならない！

ブラック　（注意深く）まあ、わかるでしょうせいぜい一年もすれば[*72]――どんなに長くてもね。

ヘッダ　（短く）わたしはそんな風にできてないの判事さん。そんな要求なんて！

ブラック　あなたにも、ほかの大方の女性同様、そういう能力はおありでは――？

ヘッダ　（ガラスドアのところに行って）ああ、お黙りなさいと言ったでしょう！　――わたしよく思う、この世でわたしには、たった一つの能力しかないんだと。

ブラック　（近づいて）なんですかそれは、おたずねしてよろしければ？

ヘッダ　（外を見つづけていて）死ぬほど退屈すること。これでおわかりでしょ。（振り返って奥部屋を眺め、笑う）そうら間違いなし！　教授どののお出ましよ。

ブラック　（小声で、たしなめるように）まあまあまあ、ヘッダさん！

イェルゲン・テスマンがパーティ用の服装で、手に手袋と帽子を持ち、右側から奥の部屋を通って入ってくる。

テスマン　ヘッダ、エイレルト・レェーヴボルグは断ってきた？　あん？

ヘッダ　いいえ。

テスマン　それじゃ見ててごらん、今にきっとくるよ。

ブラック　ほんとうにくると思ってるのか君は？

テスマン　ええ、おそらく間違いないと思う。だって、今朝あなたが言われたことは、ただの噂でしょう。

ブラック　そうかね？

テスマン　ええ、少なくともユッレ叔母さんは、彼が今後、ぼくの邪魔をすることはないだろうってはっきり言ってました。どうです！

ブラック　ああ、それならすべてめでたしだ。

テスマン　（帽子の中に手袋を入れて、右手の椅子の上に置く）ええ、ですから、すみませんが、できるだけ彼のくるのを待っていたいんですがね。

ブラック　時間はたっぷりあるよ。客は、七時前にはだれもこないから――七時半かな。

テスマン　それじゃ、それまでヘッダの相手をしてられますね。それで、どうなるか見てみましょう。ええ？

ヘッダ　（ブラックのオーバーコートと帽子を隅のソファの上に運ぶ）最悪の場合でも、レェーヴボルグさんはここでくつろいでいただく。

ブラック　（自分でコート類を持とうとして）ああどうか奥さん！　――最悪の場合とは、どういうことですか？

ヘッダ　あなたやテスマンにごいっしょできないと言われても。

テスマン　（疑いの面持ちで彼女を見て）しかしヘッダ――二人っきりで大丈夫？　あん？　ユッレ叔母さんはこないんだよ。

ヘッダ　ええ、でも、エルヴステードさんがいらっしゃる。だから三人でお茶でも飲んで。

テスマン　ああ、それならいい！

ブラック　（にっこりして）それに、多分それが、彼にはいちばん安全だと言えるでしょうね。

ヘッダ　どうして？

ブラック　いやいや奥さん、あなたはいつも、わたしのところでやる小さな男性パーティを悪く言ってたじゃありませんか。あれは、ほんとうに性根のしっかりした男にしかすすめられないって。

ヘッダ　でもレェーヴボルグさんは今は性根がしっかりしています。悔い改めた罪人――

ベルテが玄関ホールのドアに現われる。

ベルテ　奥さま、男の方がいらしてます、お目にかかりたいと――

ヘッダ　そう、お通しして。

テスマン　(小声で) きっと彼だ！　どうだい！

エイレルト・レェーヴボルグが玄関ホールから入ってくる。痩せた男で、テスマンと同年だが年上に見え、いくらか荒れた感じ。髪や髭は黒茶色で、面長の顔は青白く、両頬骨には赤味がかった斑点が一つ二つある。彼はエレガントな、黒い新調の訪問着を着ている。黒い手袋と山高帽を手に、ドア近くに立ったまま、急いでお辞儀をする。ややまごついている様子。

テスマン　（彼に近づき握手する）　いやあエイレルト――やっとまた会えたね！
エイレルト・レェーヴボルグ　（低い声で話す）手紙をありがとう君！（ヘッダに近づき）あなたも、お手をいただいてよろしいですかテスマン夫人？
ヘッダ　（彼に手を出し）ようこそレェーヴボルグさん。（手の振りで）お二人はお知り合いかしら――？
レェーヴボルグ　（小さく頭を下げて）ブラック判事さんですね。
ブラック　（同様に）そう。ずいぶん以前に――
テスマン　（レェーヴボルグの肩に手を置いて）さあ、自分の家だと思ってくつろいでくれよエイレルト！　そうだろヘッダ？――君はまたこの町に住むつもりだって聞いたけど？　あん？
レェーヴボルグ　そのつもりだ。
テスマン　もっともだよ。そうだ――君の新しい本、買ったよ。まだよく読んでみる暇はないんだが。
レェーヴボルグ　そんな無駄はやめたほうがいい。
テスマン　どういう意味だ？
レェーヴボルグ　大したことは書いてないからだ。
テスマン　いやどうだい――自分でそんなこと言うなんて！

ブラック　しかし、たいへん好評だと聞いていますよ。

レェーヴボルグ　それが狙いでしてね。だれにも気にいる本を書いたんです。

ブラック　なるほどなるほど。

テスマン　しかしねえエイレルト——！

レェーヴボルグ　おれは今、自分の地位を築きたいと思ってる。また新しくね。

テスマン　（やや、まごついて）ああ、そりゃそうだろう？　あん？

レェーヴボルグ　（微笑をうかべて、帽子を置き、上着のポケットから紙包みを取り出す）しかし、これが出たら——イェルゲン・テスマン、君も読んでくれ。これはほんものだ。ここにおれは全霊を打ち込んだ。

テスマン　そう？　どんなものそれは？

レェーヴボルグ　続編。

テスマン　続編？　なにの？

レェーヴボルグ　あの本の。

テスマン　今度の新しい本？

レェーヴボルグ　そう。

テスマン　しかしねエイレルト——あれは現代まで書いてあるじゃないか。

レェーヴボルグ　そうだ。だからこれは未来を論じている。

テスマン　未来を！　だけどいったい、ぼくらは未来のことなんて、なんにも知らないだろう！

レェーヴボルグ　そう。それでも、あれこれ論じることはある。（包みを開き）見てくれ――

テスマン　君の筆跡じゃないいね。

レェーヴボルグ　口述したんだ。（紙をめくる）二部に分かれてる。第一部は未来の文化の力について。それからこの第二部は――（先をめくり）――未来の文化の方向について。

テスマン　驚いたな！　そんなことを書くなんて、ぼくにはとても思いつかない。

ヘッダ　（ガラスドアのところで、枠を叩き）ふん――。とてもとても。

レェーヴボルグ　（紙片を包みに戻し、それをテーブルの上に置く）これを持ってきたのは、今晩君に少し読んで聞かせようと思ったんだ。

テスマン　ああ、心遣いはありがたいんだが君。でも今晩は――？（ブラックのほうを見て）どう都合をつければいいか、困ったな――

レェーヴボルグ　それじゃ、またのときに。急ぐわけじゃないから。

ブラック　実はねレェーヴボルグさん、――今晩わたしのところでちょっとしたパーティがあるんですよ。主賓はテスマンでね――

レェーヴボルグ　（帽子に目をやって）ああ――それじゃ長居は――

ブラック　いやねえ。あなたもおいでくださるという楽しみを味わわせていただけませんかね？

レェーヴボルグ　（短くはっきりと）いいえ、だめです。ご好意は感謝しますが。

ブラック　ま、そう言わずに！　きてくださいよ。気のおけない連中ばかりでね。《陽気》な集まりになりますよ、ヘッ――、いやテスマン夫人が言われるようにね。

レェーヴボルグ　それは疑いません。しかし、やはりわたしは――

ブラック　そうすれば、その原稿をお持ちになって、わたしのところでテスマンに読んで聞かせることもできます。部屋は十分ありますから。

テスマン　ほんとだエイレルト、――そうできるよ！　あん？

ヘッダ　（間に入り）でもあなた、レェーヴボルグさんにはその気がおありにならないのよ！　ここにいらして、わたしと夕食をいただくほうがずっといいのよ。

レェーヴボルグ　（彼女のほうを見て）あなたと、奥さん！

ヘッダ　それから、エルヴステードさんも。

レェーヴボルグ　ああ――（何気なく）あの人には、お昼にちょっと会いました。

ヘッダ　お会いになった？　ええ、あの人ここにいらっしゃるの。だからどうでもいてくださらなくちゃレェーヴボルグさん。そうじゃないと、あの人を宿まで送っていく人がいなくなります。

レェーヴボルグ　そうですね。ええ、ありがとう奥さん――それじゃ残っています。

ヘッダ　じゃ、ちょっと女中に言っておきましょう――

彼女は玄関ホールへのドアのところに行き、ベルを鳴らす。ベルテが入ってくる。ヘッダは小声で彼女に話し、奥の部屋を指す。ベルテはうなずいて去る。

テスマン　(その間に、エイレルト・レェーヴボルグへ) ねえエイレルト――その新しい題目――未来についてだけど――君の講演というのもそれなのか?

レェーヴボルグ　そう。

テスマン　本屋で、君がこの秋に連続講演をやるって聞いたんでね。

レェーヴボルグ　そのつもりだ。悪く思わないでくれテスマン。

テスマン　いや、とんでもない! だけど――?

レェーヴボルグ　君には面白くないのはよくわかってる。

テスマン　(気が沈んで) いや、ぼくはなにも君にどうこうと――

レェーヴボルグ　しかし、君が教授指名を受けるまでは待つつもりだ。

テスマン　待つって! そうか――そうなのか――じゃあ、ぼくと資格審査の討論をやる気はないのか? あん?

レェーヴボルグ　ない。おれが君に勝ちたいのは、世間の評判だけだ。

テスマン　しかし、これはまた――やっぱりユッレ叔母さんは正しかった! そうだよ、――

ヘッダ　わかってた！　ヘッダ！　どうだい君——エイレルト・レェーヴボルグは、ぼくらの邪魔をする気なんかぜんぜんないんだよ！
（短く）ぼくら？　わたしは除外していただく。

彼女は奥部屋の方へ行く。そこではベルテがデカンタとグラスを載せた盆をテーブルの上に置いている。ヘッダはそれでいいとうなずいて前の部屋に出てくる。ベルテは去る。

テスマン　（その間に）でもあなたは判事さん、——これをどう思います？　ええ？
ブラック　まあ、そうだね、名誉と勝利——ふん——それはもちろん、非常に立派なことだから——
テスマン　そりゃあそうでしょう。でも、やっぱり——
ヘッダ　（冷たい微笑を浮かべてテスマンを見る）あなたったら、雷にでも打たれたみたい。
テスマン　そう——ほとんど——そう言ってもいい——
ブラック　われわれを襲ったのは、たしかに雷雨でしたよ奥さん。
ヘッダ　（奥部屋を指して）殿方は奥で冷たいパンチ[*73]でも召し上がりません？
ブラック　（自分の時計を見て）出発前の一杯？　まあ、悪くないですね。

テスマン　申し分なしだヘッダ！　まったく申し分なしだよ！　こう気分が浮き浮きしてるときは――

ヘッダ　どうぞあなたも、レェーヴボルグさん。

レェーヴボルグ　（拒んで）いやありがとう。わたしはけっこうです。

ブラック　しかしねえ――冷たいパンチはなにも毒ってわけじゃありませんよ。

レェーヴボルグ　だれにでもとは言えないでしょう。

ヘッダ　じゃ、その間わたしが、レェーヴボルグさんのお相手をしています。

テスマン　いいねヘッダ、じゃ、そうしてくれるか。

彼とブラックは奥部屋へ行き、次の場面の間、座ってパンチを飲み、煙草を吸って、陽気に話している。エイレルト・レェーヴボルグはストーヴのそばに立ったまま。ヘッダは書き机のほうへ行く。

ヘッダ　（やや高い声で）もしよろしかったら、写真をお見せしましょう。テスマンとわたし――二人で、帰国の途中にチロルを旅してきましたの。

彼女はアルバムを持ってきてソファのそばのテーブルに置き、ソファの一方の隅に座る。エイレルト・レェーヴボルグは近づくが、止まって彼女を見つめる。それから椅子を取って彼女の左側に置き、奥部屋の方に背を向けて座る。

ヘッダ　（アルバムをめくり）この山脈をごらんになってレェーヴボルグさん？　オルトレル山脈[*74]なの。テスマンが下に書き込んでるでしょう。ほらここに、メラン[*75]から見たオルトレル山脈って。

レェーヴボルグ　（彼女を見つづけていたが、低くゆっくりと言う）ヘッダ――ガブラー[*76]！

ヘッダ　（すばやく彼を見やり）あ！　しっ！

レェーヴボルグ　（再び低く）ヘッダ・ガブラー！

ヘッダ　（アルバムを見ながら）ええ、以前はわたし、そう言った。あの頃――わたしたちが付き合ってた頃は。

レェーヴボルグ　そしてこれからは――生涯――おれはヘッダ・ガブラーと呼ぶことができない。

ヘッダ　（先をめくり）ええ、そう。さっさと馴れることね。早ければ早いほどいい。

レェーヴボルグ　（怒りを込めた声で）ヘッダ・ガブラーが結婚？　しかも相手は――イェルゲン・テスマン！

ヘッダ　ええ――そういうわけ。

レェーヴボルグ　ああ、ヘッダヘッダ――どうしてそんな風に自分を投げ棄てることができたんだ！

ヘッダ　（彼に鋭い一べつ）まあ！　これは違う！

レェーヴボルグ　なにが？

テスマンが入ってきて、ソファのほうへくる。

ヘッダ　（彼のくるのが聞こえて、なんでもないように言う）それから、これはねレェーヴボルグさん、アムペッツォ渓谷[*77]から見下ろしたところ。ほら、この山の頂を見てごらんなさい。（親しげにテスマンを見上げ）この変な山、なんて名前だったあなた？

テスマン　どれどれ。ああ、それはドロミテ連山[*78]だ。

ヘッダ　そうそう！　――ドロミテ連山なのレェーヴボルグさん。

テスマン　ねえヘッダ――やっぱり少しパンチを持ってこようか？　君だけでも。あん？

ヘッダ　ええありがとう。ついでにケーキも少し。

テスマン　煙草は？

ヘッダ　けっこう。

テスマン　よし。

彼は奥部屋へ入り右側へ消える。中ではブラックが座っていて、ときどきヘッダとレェーヴボルグの方に目をやる。

レェーヴボルグ　(前と同様に、抑えた声で) 答えてくれヘッダ、――どうして君にこんなことができたんだ?

ヘッダ　(アルバムに熱中しているふりをしていて) 君呼ばわり*79をつづけるなら、もうあなたとは口をきかない。

レェーヴボルグ　二人きりでも、君と言えないのか?

ヘッダ　だめ。心の中ならいい。でも口に出してはいけない。

レェーヴボルグ　なるほど、あなたの愛情に傷がつくってわけか――イェルゲン・テスマンへの。

ヘッダ　(彼をちらっと見て、薄笑いする) 愛情? まあ、いいこと言う!

レェーヴボルグ　愛情じゃない!

ヘッダ　だからって、不貞の心もまったくない。そういうものとは無関係。

レェーヴボルグ　ヘッダ――答えてくれ、このことだけ――

ヘッダ　しっ!

テスマンが盆を持って奥部屋からくる。

テスマン　そうら！　うまいよこれは。

彼は盆をテーブルの上に置く。

ヘッダ　どうして、ご自分で給仕をするの？

テスマン　（グラスにつぎながら）そりゃあ、君に給仕するのはとっても楽しいからだよヘッダ。

ヘッダ　でもあなた、グラスが二つも。レェーヴボルグさんは召し上がらないのよ——

テスマン　うん、でもエルヴステードさんが今にみえるだろう。

ヘッダ　ああ、そうだった——エルヴステードさん——

テスマン　忘れてた？　あん？

ヘッダ　あんまりこれに熱中してたものだから。（彼に一枚の写真を示し）あなた、この小さな村覚えてる？

テスマン　ああ、ブレンネル峠の下にある村[*80]だ！　あそこでぼくたち、一晩過ごした——

ヘッダ　——それで、避暑にきていた面白い人たちと会ったところね。

テスマン　そう、そうだった。ねえ——君もいっしょだったらよかったのにエイレルト！　じゃあ！

彼は奥部屋に戻って、ブラックのそばに座る。

レェーヴボルグ　答えてくれ、このことだけヘッダ――

ヘッダ　ええ？

レェーヴボルグ　おれとの間にも愛情はなかったのか？　ひとかけらも――愛情の影さえもなかった？

ヘッダ　ええ、実際そんなものあったかしら？　わたしたち二人は親しい同志だった！　心から信頼しあった二人の友。（微笑んで）それであなたは、なんでも打ち明けた。

レェーヴボルグ　あなたが望んだから。

ヘッダ　思い返してみると、なにか美しい、心を揺さぶられる――なにか勇ましいところさえあった気がする、あの――ひそかな信頼には――この世ではだれも夢想だにできないような同志の絆には。

レェーヴボルグ　ああ、そうだヘッダ！　そうだったじゃないか？――お昼のあとにお父上を訪ねると――将軍は窓際で新聞を読んでらした――こちらに背を向けて――

ヘッダ　そしてわたしたち二人は、隅のソファに――

レェーヴボルグ　二人の前にはいつも同じグラビア雑誌――

ヘッダ　アルバムがなくてね、ええ。

レェーヴボルグ　うんヘッダ、――そしておれは告白した――！　あなたに、その頃はほかのだれも知らないおれ自身のことを話した。昼も夜も外をほっつき歩き、馬鹿騒ぎをしていたことを打ち明けた。くる日もくる日も馬鹿騒ぎをしていたことを。ああヘッダ、――あなたにどんな力があったんだ？[*81]　おれにあんなことを告白させたなんて？

ヘッダ　わたしにそんな力があったと思う？

レェーヴボルグ　ああ、ほかにどう言えばいい？　あのみんな――あなたが聞いてきた、あのあいまいな問いかけ――

ヘッダ　で、あなたは察しがよかった――

レェーヴボルグ　あんなことが聞けたなんて！　大胆この上なく！

ヘッダ　あいまいにでよ。忘れないで。

レェーヴボルグ　しかし大胆だったことに違いはない。おれに聞いてくるとはね――あんなことをみんな！

ヘッダ　そしてあなたが答えたとはねレェーヴボルグさん。

レェーヴボルグ　そう、ほんとにそれが不思議だ――今考えてみると。しかし教えてくれヘッダ、二人の間には、ほんとうのところ、愛情はなかったのか？　あなたのほうには、おれを洗い浄めようという気持ちはなかったのか――おれが助けを求めて、あなたにすべてを告白したとき？　そうじゃなかったのか？

ヘッダ　ええ、完全にはね。

レェーヴボルグ　じゃ、なにがあんなことを？

ヘッダ　それがそんなに不思議？　若い女が――そういう――ひそかに起きてること――

レェーヴボルグ　ええ？

ヘッダ　世の中のそういうことを、ちょっと知りたいと思うことが――

レェーヴボルグ　世の中のどんなこと――？

ヘッダ　知ることが許されていないようなことかしら？

レェーヴボルグ　それが理由？

ヘッダ　それも。それも――だったと思う。

レェーヴボルグ　人生の欲求で結ばれた同志の絆。しかし、どうして長つづきしなかったんだろう？

ヘッダ　あなたのせいだった。

レェーヴボルグ　絆を断ったのはあなたのほうだ。

ヘッダ　ええ、それはわたしたちの関係が、危うく現実的なものになりかけたから。恥ずかしくないのエイレルト・レェーヴボルグ[*82]、どうして力ずくで従わせようとしたの――あなたの大胆な同志を！

レェーヴボルグ　（こぶしを握って）ああ、どうして本気でやってしまわなかったんだ！　どうしておれを撃たなかったんだ、撃つと脅しておいて！

ヘッダ　とても怖いのわたし、スキャンダルが。
レェーヴボルグ　そう、ヘッダ、あなたはほんとうは臆病なんだ。
ヘッダ　この上なく臆病。（調子を変えて）でも、あなたには幸いだったでしょう。今はエルヴステードさんのところで優しく慰めてもらってるんだから。
レェーヴボルグ　テーアが話したことは知っている。
ヘッダ　そしてわたしたちのことも、彼女に話してあげたんじゃない？
レェーヴボルグ　ひと言だって。そういうことがわかるには、彼女は鈍すぎる。
ヘッダ　鈍い？
レェーヴボルグ　そういうことには鈍い。
ヘッダ　そしてわたしは臆病。（彼に近く身をかがめ、彼の目を見ることなく、より小声で言う）でもあなたに一つだけ話してあげる。
レェーヴボルグ　（緊張して）ええ？
ヘッダ　あれが、あなたを撃たなかったことが――
レェーヴボルグ　ええ？
ヘッダ　――あれがわたしのいちばんのどうしようもない臆病[*83]じゃなかった――あの晩の。
レェーヴボルグ　（一瞬彼女を見つめ、理解し、そして熱情込めてささやく）ああヘッダ！　ヘッダ・ガブラー！　あの同志の絆の底に隠されていたものが見えてきた！　君とおれとは

ヘッダ　――！　あれはやはり、君の人生が求めていたものだった――

（鋭い一べつで、低く）気をつけて！　そんなことなに一つ信じちゃだめ！

あたりは薄暗くなり始めている。玄関ホールへのドアを、ベルテが外から開ける。

ヘッダ　（アルバムを閉じて、微笑みながら叫ぶ）ああ、やっと！　かわいいテーア――さあ、お入りなさい！

エルヴステード夫人が玄関ホールから入ってくる。彼女は訪問着を着ている。彼女のあとにドアは閉められる。

ヘッダ　（ソファに座ったまま、彼女のほうに両腕を差し出す）かわいいテーア、どんなにあなたを待っていたか！

エルヴステード夫人は奥部屋の男たちにちょっと挨拶しながら、テーブルのところに来て、ヘッダに手を差し出す。エイレルト・レェーヴボルグは立ち上がっている。彼とエルヴステード夫人は黙ってうなずき合って挨拶。

エルヴステード夫人　わたし、向こうに行って、ご主人にちょっとご挨拶したほうがいいかしら？
ヘッダ　いいえぜんぜん。あの二人はほっといていい。もうすぐ出かけるから。
エルヴステード夫人　お出かけ？
ヘッダ　ええ、お酒盛りに行くの。
エルヴステード夫人　（急いで、レェーヴボルグに）あなたは行かないでしょ？
レェーヴボルグ　行かない。
ヘッダ　レェーヴボルグさんは――わたしたちといっしょにお残りになる。
エルヴステード夫人　（彼の横の椅子に座ろうとする）ああ、ここはほんとにいい気持ち！
ヘッダ　お生憎かわいいテーア！　そこじゃなくて！　わたしの横にいらっしゃい。わたしが間に座る。
エルヴステード夫人　ええ、どうぞお好きに。

彼女はテーブルをまわって、ソファのヘッダの右に座る。レェーヴボルグはもとの椅子に座る。

レェーヴボルグ　（ややあって、ヘッダに）この人、こうして眺めてみると、とてもきれいでしょう？

ヘッダ　（彼女の髪を軽く撫でて）ただ眺めてるだけ？
レェーヴボルグ　ええ。二人は――この人とおれは――ほんとうの同志ですから。二人は互いを心から信頼している。だから大胆に話し合える――
ヘッダ　あいまいじゃなくてねレェーヴボルグさん？
レェーヴボルグ　まあ――
エルヴステード夫人　（ヘッダに体を寄せて、低く）ああ、わたし、とっても幸せヘッダ！　だって、――ねえ――この人、わたしがインスピレーションを与えたって言ってるの。
ヘッダ　（微笑を浮かべて彼女を見る）まあ、そんなことを、あなた？
レェーヴボルグ　それに、この人には行動する勇気がありますよ奥さん！
エルヴステード夫人　まあ神さま――わたしに勇気だなんて！
レェーヴボルグ　すごくね――同志にかかわることなら。
ヘッダ　ええ勇気――そう！　それがありさえすれば。
レェーヴボルグ　そうしたら、どうなんです？
ヘッダ　そうしたら、この人生を生きることもできる。（突然調子を変えて）さあ、わたしのかわいいテーア、――どうぞ、この冷たいパンチを召し上がれ。
エルヴステード夫人　いいえ、けっこうです――わたし、お酒はいただきません。
ヘッダ　まあ、それじゃ、あなたどうぞレェーヴボルグさん。

レェーヴボルグ　ありがとう、わたしも飲みません。
エルヴステード夫人　ええ、この人も飲みません！
ヘッダ　（じっと彼を見つめ）わたしがおすすめしても？
レェーヴボルグ　変わりません。
ヘッダ　（笑う）あわれなわたし、あなたを動かす力はこれっぽっちもないようね？
レェーヴボルグ　このことでは、そう。
エルヴステード夫人　真面目な話、あなたやはり、お飲みになるほうがいいと思う。ご自分のために。
レェーヴボルグ　そんなことってヘッダ――！
ヘッダ　どうしてです？
レェーヴボルグ　それとも、ほかの人のためにかしら、正確に言えば。
ヘッダ　そう？
だって、さもないと人はすぐに――あなたがほんとうには――まだ自信がない――
ほんとうには自分を信頼していないんだと思うでしょう。
エルヴステード夫人　（低く）いいえ、そんなことヘッダ――！
レェーヴボルグ　人はなんとでも思えばいい――好きなように。
エルヴステード夫人　（喜んで）ええ、そうよ！
ヘッダ　さっきもブラック判事の顔にはっきりあらわれてた。

レェーヴボルグ　なにが？
ヘッダ　あなた、あそこのテーブルに座るのをためらったとき、あざけりの微笑を浮かべてた。
レェーヴボルグ　ためらった！　わたしはここであなたと話していたかっただけだ。
エルヴステード夫人　当然よヘッダ！
ヘッダ　でも、判事さんはそう思わなかったようよ。それから、あなたがあの馬鹿なパーティの招待を受けるのをためらったときも、あの人、薄笑いしてテスマンに目で合図するのがわかった。
レェーヴボルグ　ためらう！　わたしがためらったとあなた言うんですか？
ヘッダ　わたしじゃない。ブラック判事がそう思ったと言ってるの。
レェーヴボルグ　勝手に思わせときましょう。
ヘッダ　じゃあ、やはりいっしょに行かないのね？
レェーヴボルグ　あなたとテーアといっしょに、ここにいます。
エルヴステード夫人　そうよヘッダ、――言うまでもないでしょ！
ヘッダ　（微笑して、納得したようにレェーヴボルグにうなずき）まさにしっかりした性根、常に確固たる人格。ええ、これこそ模範的男性ね！（エルヴステード夫人を振り返り、彼女を軽く叩いて）ほうらね、わたしが言ったとおりでしょう、今朝あなたが、とても取り乱してやってきたときに——

レェーヴボルグ　（驚いて）取り乱して！

エルヴステード夫人　（動転して）ヘッダ、ヘッダったら——！

ヘッダ　ごらんなさい！　死ぬほど心配することなんかちっともなかった——（中断して）さあ！　これでわたしたち三人、楽しくやれる！

レェーヴボルグ　（ショックを受けて）ああ——どういうことです奥さん！

エルヴステード夫人　ああ、なんてことなんてことをヘッダ！　あなたの言うことったら！　あなたのすることったら！

ヘッダ　静かに！　あのいやらしい判事が、あなたに目を向けてる。

レェーヴボルグ　死ぬほどの心配か。おれのために。

エルヴステード夫人　（低く、嘆いて）ああヘッダ、——わたしをこんな目にあわせるなんて！

レェーヴボルグ　（しばし、じっと彼女を眺める。顔がゆがんでいる）それが堅い同志の信頼だったのか。

エルヴステード夫人　（嘆願して）ねえ、あなた[＊84]——聞いてちょうだい——！

レェーヴボルグ　（パンチの入ったグラスを一つ取り上げ、捧げもって、しわがれ声で低く言う）君に乾杯だテーア！

彼はグラスを飲み干し、それを置き、もう一つのほうを取る。

エルヴステード夫人　（低く）ああ、ヘッダヘッダ、――あなた、わざとこんなことを！

ヘッダ　わざと！　わたしが？　気でも違ったの？

レェーヴボルグ　それからあなたにも奥さん。ほんとうのことをありがとう。乾杯！

彼はグラスを飲み干し、新たに注ごうとする。

ヘッダ　（彼の腕をとめて）さあさあ――今はここまで。パーティに行くのを忘れないで。

エルヴステード夫人　いいえいいえ！

ヘッダ　しっ、二人があなたを見てる。

レェーヴボルグ　（グラスを離す）テーア、――正直に言うんだ――

エルヴステード夫人　ええ！

レェーヴボルグ　君がおれの後を追ってきたことは、村長も承知なのか？

エルヴステード夫人　（手をくねらせて）ああヘッダ――この人の言うことったら！

レェーヴボルグ　君が町にきておれの面倒を見るというのは、村長と相談して決めたことなのか？　多分、村長が行けと言ったんだろう？　そうか――おれをまた事務所で使いたいってことだなきっと！　それとも、カード遊びのお相手が必要か？

エルヴステード夫人　（低く、うめくように）ああ、レェーヴボルグ、レェーヴボルグ――！

レェーヴボルグ　（グラスを一つ取って、パンチを注ごうとする）老いぼれ村長どのにも乾杯だ！

ヘッダ　（とめて）もうだめ。あなた出かけて、テスマンのために朗読するの、忘れないで。

レェーヴボルグ　（落ち着いて、グラスを離す）なんて馬鹿なんだおれはテーア。こんな風に思うなんて。怒らないでくれ、君は大切な大切な同志だ。見せてやる――君にもほかのものにも――昔は身を持ちくずしていた。だが――今は立ち直っている！　君のお陰でテーア。

エルヴステード夫人　（喜びにあふれ）ああ神さま、感謝します――！

この間に、ブラックは自分の時計を見ていたが、テスマンとともに立ち上がり、客間の方に入ってくる。

ブラック　（自分の帽子とオーバーコートを取り）さあ奥さん、もう時間です。

ヘッダ　そのようね。

レェーヴボルグ　（立ち上がり）わたしも、判事さん。

エルヴステード夫人　（低く、哀願して）ああレェーヴボルグ、――やめてちょうだい！

ヘッダ　（彼女の腕をつねる）聞こえるわよ！

エルヴステード夫人　（抑えた声で叫ぶ）痛い！
レェーヴボルグ　（ブラックに）ご親切にわたしも誘ってくださいましたね。
ブラック　それじゃやっぱり、あなたもいらっしゃいますか？
レェーヴボルグ　ええ、お言葉に甘えて。
ブラック　それは、嬉しいかぎり――
レェーヴボルグ　（紙包みをしまい、テスマンに）これを本屋に渡す前に、君に少し見せたいんでね。
テスマン　いや、ほんとに――それは楽しみだ！　――だけどヘッダ、エルヴステードさんをお送りするのはどうする？　あん？
ヘッダ　まあそんなこと、なんとでもなります。
レェーヴボルグ　（婦人たちのほうを見て）エルヴステードさん？　もちろん、わたしが戻ってきてお送りします。（近づいて）だいたい十時頃に奥さん？　よろしいですか？
ヘッダ　ええもちろん。ぴったりです。
テスマン　さあ、それで万事、好都合。しかし、ぼくはそんなに早く帰るとは思わないでくれよヘッダ。
ヘッダ　ええあなた、いつまででも――お好きなだけ。
エルヴステード夫人　（不安を秘めて）レェーヴボルグさん――それじゃわたし、いらっしゃるまでお待ちしています。

レェーヴボルグ　（帽子をもって）わかりました奥さん。
ブラック　さあさあ、浮かれ行列と行きますか諸君！　陽気にやりたいものです、さる麗しきご婦人の申されるとおりに。
ヘッダ　あら、その麗しき婦人も、隠れミノを着てその場に居合わせたいものね――！
ブラック　どうして隠れミノ？
ヘッダ　あなたの裸の陽気さをちょっとのぞくために判事さん。
ブラック　（笑う）それは、麗しきご婦人におすすめできることではありませんね。
テスマン　（同じく笑って）いや、うまいこと言うよヘッダ！　どうだい！
ブラック　では、さようならさようなら、ご婦人がた！
レェーヴボルグ　（別れのお辞儀）それじゃ十時頃に。

ブラック、レェーヴボルグ、テスマンは玄関ホールへのドアを通って出て行く。同時にベルテが奥の部屋から火を灯したランプを持って入ってきて、客間のテーブルの上におき、きた方へ去る。

エルヴステード夫人　（立ち上がっていて、落ち着きなく部屋を歩きまわる）ヘッダ――ヘッダ、――いったいどうなるんでしょう！

ヘッダ　十時――そのときあの人が戻ってくる。その姿が目に浮かぶ。頭を葡萄の葉で飾って。[*85] 熱を込め大胆に――

エルヴステード夫人　ええ、そうだといいんですけど。

ヘッダ　そのときこそ、ねえあなた――そのときこそ、あの人は、自分に打ち克つ力をもったことになる。そのときこそ、あの人は、生涯にわたる自由な男になる。

エルヴステード夫人　ああ神さま――あなたの想像どおりに、戻ってきさえすれば。

ヘッダ　その姿、それ以外あり得ない！（立ち上がり近づく）疑いたいなら、お好きなだけどうぞ。わたしはあの人を信じている。見ていましょう――

エルヴステード夫人　あなた、なにか下心があるのねヘッダ！

ヘッダ　そうよ。わたしは一生に一度だけでいい、人間の運命を左右する力を持ちたい。

エルヴステード夫人　お持ちじゃないの？

ヘッダ　ない――一度も持ったことがない。

エルヴステード夫人　でも、ご主人には？

ヘッダ　まあ、そんなの馬鹿みたい。わたしがどんなに貧しいか、あなたにわかったら。それで、あなたはそんなに豊かでいられる！（彼女に腕をまわし、激しく）わたしやっぱり、あなたの髪の毛を焼いてやる。

エルヴステード夫人　離して！　離して！　あなたが怖いヘッダ！

ベルテ　（開き口で）食堂にお茶の用意ができております奥さま。

ヘッダ　ありがとう、すぐに行く。

エルヴステード夫人　いえいえいえいえ！　わたし一人でも宿に帰ります！　今すぐに！

ヘッダ　なに言ってるの！　まずお茶をいただくのよ、かわいいお馬鹿さん。それから――十時になると――エイレルト・レェーヴボルグが戻ってくる――葡萄の葉で頭を飾って。

彼女はほとんど力ずくで、エルヴステード夫人を開き口のほうへ引っぱって行く。

第三幕

テスマン家の同じ部屋。開き口のカーテンも、ガラスドアのカーテンも閉めてある。かさのついたランプが芯を細くしてテーブルの上で燃えている。ストーヴの塞ぎ戸が開いており、火はほとんど燃えつきている。

エルヴステード夫人が大きな肩掛けにくるまって、足を足置きの上にのばし、ストーヴ近くの肘かけ椅子に深く沈んでいる。ヘッダは衣服を着たままソファの上で毛布をかけて眠っている。

エルヴステード夫人　（ややあって、突然椅子の上に身を起こし、緊張して耳をそばだてる。それから再び疲れたように身を沈め、低く泣き声で）まだだ！　――ああ、神さま――神さま――まだだ！

ベルテが注意深く忍び足で玄関ホールのドアから入ってくる。手に手紙を持っている。

エルヴステード夫人　（振り返り、緊張してささやく）　まあ――だれかきました？

ベルテ　（小声で）　はい、使いの女中さんがこの手紙を持って。

エルヴステード夫人　（急いで手をのばす）　手紙！　見せてください！

ベルテ　いいえ、これはドクトルさまにでございますよ奥さま。

エルヴステード夫人　ああ、そう。

ベルテ　持ってきたのはテスマンお嬢さまの女中さんです。テーブルの上に置いておきましょう。

エルヴステード夫人　ええ、そうして。

ベルテ　（手紙を置いて）　このランプは消したほうがいいですね。くすぶっております。

エルヴステード夫人　ええ、消してください。もうすぐ明るくなるでしょう。

ベルテ　（消す）　もう、明るうございますよ奥さま。

エルヴステード夫人　ああ、もう明るい！　それなのにまだ戻ってこない――！

ベルテ　ほんとに――こんなことだろうと思ってました。

エルヴステード夫人　そう思ってたって？

ベルテ　はい、さる殿方が、またこの町にきているのを見ましたから――。みんなと連れエルヴステード夫人　だって出かけて。その殿方のことは以前からよく耳にしております。

ベルテ　そんな大きな声を出さないで。奥さまを起こしてしまう。

エルヴステード夫人　（ソファのほうを眺め、ため息をつく）ええほんと――おかわいそうに、このままお休みいただいてましょう。――もう少しストーヴを焚きましょうか？

ベルテ　ありがとう、わたしはけっこう。

はいはい、それじゃ。

彼女はそっと玄関ホールへのドアから出て行く。

ヘッダ　（扉の閉まる音で目を覚まし、見上げる）なに――！

エルヴステード夫人　あの、女中さんが――

ヘッダ　（あたりを見て）ああ、ここは――！　そう、思い出した――（身を起こし、ソファに座ったまま、体をのばして目をこする）

エルヴステード夫人　（自分の時計を見る）七時過ぎ。　いま何時テーア？

ヘッダ　テスマンはいつ戻った？

エルヴステード夫人　まだお戻りじゃありません。

ヘッダ　まだ帰ってない？

エルヴステード夫人　（立ち上がる）だれも戻ってません。

ヘッダ　わたしたち四時まで起きて待ってた——

エルヴステード夫人　（手をくねらせて）こんな風にあの人を待ったなんて！

ヘッダ　（欠伸《あくび》をし、口に手をあてたまま言う）そうね——こんなこと、しなくてもよかったのね。

エルヴステード夫人　少しは眠れました？

ヘッダ　ええ、かなりよく眠ったと思う。あなたはどう？

エルヴステード夫人　ぜんぜん。眠るなんてヘッダ！　そんなこと、とても無理でした。

ヘッダ　（立ち上がり、彼女のほうへ行く）さあさあさあ！　心配することなんかなにもないのよ。どういうことになったたか、わたしにはよくわかる。

エルヴステード夫人　どうお思いになるの？　教えてください！

ヘッダ　もちろん、判事さんのところにいつまでも長居して——

エルヴステード夫人　ええ、それはそうでしょうけど。でもそれにしても——

ヘッダ　だから、わかるでしょう、テスマンは真夜中に戻ってガタガタしたくなかったのよ。（笑う）多分、姿を見られるのも嫌だったんでしょう——馬鹿騒ぎのあとじゃね。

エルヴステード夫人　それじゃ——ご主人はどこへ行かれたんでしょう？

ヘッダ　もちろん叔母さんの家。あそこで寝てるのよきっと。あそこにはまだ、昔の部屋がそのままになってる。

エルヴステード夫人　いいえ、あそこにはおられません。さきほど、テスマンさまからご主人に手紙がきてましたから。そこにあります。

ヘッダ　そう？（封書の筆蹟を見て）たしかに叔母さんの手だ。それじゃあの人、まだ判事さんのところにいるのね。それでエイレルト・レェーヴボルグ、あの人はあそこにいて――頭を葡萄の葉で飾って原稿を朗読している。

エルヴステード夫人　ああヘッダ、あなたは出まかせを言ってるだけ。

ヘッダ　あなたって、ほんとにお馬鹿さんねテーア。

エルヴステード夫人　ええどうせ、わたしは馬鹿なんです。

ヘッダ　それに死ぬほど疲れてるみたい。

エルヴステード夫人　ええ、死ぬほど疲れてます。

ヘッダ　さあ、だからわたしの言うとおりになさい。わたしの部屋に行って、ベッドで少し休むの。

エルヴステード夫人　いえいいえ――眠るなんてとても。

ヘッダ　大丈夫、眠れる。

エルヴステード夫人　でも、ご主人はもうすぐお帰りでしょう。そしたらわたし、すぐにお聞きしなくちゃ――

ヘッダ　帰ってきたら教えてあげる。

エルヴステード夫人　ああ、約束してくださるヘッダ？

ヘッダ　ええ、安心していい。向こうでしばらく休んでらっしゃい。

エルヴステード夫人　ありがとう。それじゃ、そうするように努めてみます。

彼女は奥部屋を通って去る。

ヘッダはガラスドアのところへ行き、カーテンを開ける。日光が部屋いっぱいにさし込む。彼女は書き机のところで、小さな手鏡を取って顔を見、髪を直す。それから玄関ホールへのドアのところへ行き、呼び鈴のボタンを押す。

ややあって、ベルテがドアのところに現れる。

ベルテ　ご用でございますか奥さま？

ヘッダ　ええ、ストーヴを少し焚いて。寒くて凍えそう。*86

ベルテ　まあまあ――すぐに暖かくいたしますよ。

彼女は火をかきまわし、薪をくべる。

ベルテ　（やめて聞き耳を立てる）玄関でベルが奥さま。

ヘッダ　じゃ、行って開けてきて。ストーヴはわたしが見る。

ベルテ　すぐに燃えてまいります。

彼女は玄関ホールへのドアから出て行く。

ヘッダは足置きに膝をつき、ストーヴにもっと薪をくべる。

ややあってイェルゲン・テスマンが玄関ホールから入ってくる。疲れた様子だが、どこか真剣な表情をしている。つま先で忍び足に開き口のほうへ行き、カーテンの間から消えようとする。

ヘッダ　（ストーヴのところで見上げずに）おはよう。

テスマン　（振り返り）ヘッダ！（近づいて）しかしいったいぜんたい——こんなに早く起きて——！　あん？

ヘッダ　ええ、今日はかなり早く起きた。
テスマン　てっきりまだベッドの中だと思ったよ。どうだいヘッダ！
ヘッダ　そんな大声出さないで。エルヴステードさんがわたしの部屋で休んでるの。
テスマン　エルヴステードさん、ゆうべはここで？
ヘッダ　ええ、だれもお送りする人がいなかったから。
テスマン　いや、そうだったね。
ヘッダ　（ストーヴの戸を閉めて、立ち上がる）判事さんのところは面白かった？
テスマン　ぼくのこと、心配だった？　あん？
ヘッダ　いいえ、ぜんぜん。ただ面白かったかどうか聞いてるだけ。
テスマン　うん、そりゃあね。ああいうのも一度くらいは、まあ――。でもそれも初めのうちだけだったよ今思えば。エイレルトが読んで聞かせてくれたんだ。ぼくたち一時間以上も早すぎたもので――どうだい！　ブラックはパーティの準備に忙しくてね。それで、エイレルトが朗読してくれた。
ヘッダ　（テーブルの右側に座る）そう？　それでどうだったの――
テスマン　（ストーヴの側のスツールに座る）いやあヘッダ、あんな本、君にはとても信じられないよ！　これまであんな素晴らしいものは書かれたことがなかった。どうだい！
ヘッダ　ええ、ええ、わたしにはどうでもいいこと――

テスマン　正直言ってねヘッダ、彼が読んでいる間——ぼくの中に、実に嫌らしい気持ちが湧いてきてね。

ヘッダ　嫌らしい？

テスマン　エイレルトがあんなものを書けたってことに妬みをおぼえたんだ。どうだいヘッダ！

ヘッダ　ええ、ええ、そうでしょう！

テスマン　それでね——あんな才能の持ち主が——残念なことに、やはりどうにも手におえない男だってことがわかったんだよ。

ヘッダ　それは、あの人がほかのものより、生きる勇気をすごく持ってるってこと？

テスマン　いや、とんでもない——彼は気持ちが浮き立ってくると、自分をまったく抑えることができなくなるんだ。

ヘッダ　それでどうなったの——最後は？

テスマン　まあ、言ってみれば、あれはバッカス顔負けの乱痴気騒ぎ[*87]だったねヘッダ。

ヘッダ　あの人、葡萄の葉で頭を飾ってた？

テスマン　葡萄の葉？　いや、そんなものは見なかった。でもね、ある女性のことで長々ととりとめない話をしてね。自分の仕事にインスピレーションを与えたとかいう、彼の言い草で。

ヘッダ　その人の名前も言った？

テスマン　いや、言わなかった。だけどエルヴステードさんだってことはすぐにわかったよ。間違いない！

ヘッダ　そう――で、あの人とはどこで別れたの？

テスマン　ブラックの家を出たあと。ぼくたち――最後に残った連中は――いっしょにくり出したんだ。ブラックも少し夜風にあたりたいと言ってついてきた。そこでエイレルトを宿まで送ることに衆議一決してね君。そう、やつはしこたま飲んでたんで！

ヘッダ　そうだったの。

テスマン　しかし、それから大変なことが起こったんだヘッダ！　それとも悲しいことと言うべきか。ああ――ぼくはエイレルトのために――恥ずかしいよ――この話をするのが――

ヘッダ　ええ、なんなの――？

テスマン　途中、歩いてるときにね、いいか、ぼくはたまたまほかのものより少し遅れてしまったんだ。ほんの二、三分てとこかな――どうだい！

ヘッダ　ええ、ええ、わかったから、それで――？

テスマン　で、追いつこうとあとを急いだら――道端になにを見つけたと思う？　あん？

ヘッダ　わかるわけないでしょう！

テスマン　だれにも言うなよヘッダ。いいか！　エイレルトのためだ、約束してくれ。（上着のポケットから紙包みを取り出す）どうだ君――これを見つけた。
ヘッダ　それ、あの人がゆうべ持ってた包みでしょう？
テスマン　そう、彼の大事な、二度と書けない原稿だ！　これを落としてしまった――そして気もつかない。考えてもごらんヘッダ！　悲しいことだ――
ヘッダ　でも、どうしてすぐに返してあげなかったの？
テスマン　いや、返すなんてとんでもない――あんなありさまのときに――
ヘッダ　あなたが見つけたこと、ほかのだれにも話してないの？
テスマン　とんでもない、エイレルトのためにも話したりしない、わかるだろう。
ヘッダ　じゃ、あなたがエイレルト・レェーヴボルグの原稿を持ってるってことは、だれも知らない？
テスマン　そうだよ。知られちゃいけないんだ。
ヘッダ　そのあと、あの人とは話をしたの？
テスマン　そのあとは会ってない。通りに出ると、彼とほかの二、三人が消えてしまってたんでね。どうだい！
ヘッダ　そう？　じゃ、あの人を宿まで送ってったんでしょう。
テスマン　うん、そうかも知れない。ブラックもいなくなってたから。

ヘッダ　それで、そのあと、あなたはどこをふらついてたの？

テスマン　ああ、ほかの連中といっしょに、浮かれ気分になってるやつの一人についてってね、彼の家で朝のコーヒー――を飲んできた。それとも、夜のコーヒーと言うべきか。あん？　でもぼくは、ちょっと休んでから――それに、かわいそうなエイレルトも少し眠ったあとに、この包みを持ってってやらなくちゃ。

ヘッダ　（包みに手をのばし）いいえ――返さないで！　――すぐには。先にわたしに読ませて。

テスマン　いや、かわいいヘッダ、それだけはだめだ、それはできない。

ヘッダ　できない？

テスマン　うん、だって、わかるだろう、彼は、目を覚まして原稿が無くなっているのに気がついたら、どんなに絶望するか。だってコピーもとってないんだから！　自分でそう言ってた。

ヘッダ　（なんとなく探るように彼を見つめ）それじゃ、それをもう一度書くことはできない？　もう一度新しく。

テスマン　いや、だめだと思うね。インスピレーションなんだから、――わかるか――

ヘッダ　ええ、ええ――そうなんでしょう――（思いついたように）そうそう――あなたに手紙がきてる。

テスマン　ええ、なんだ――！

ヘッダ　（手紙を彼にわたす）今朝早くにきた。

テスマン　ユッレ叔母さんからだ君！　なにごと？（別のスツールに紙包みを置き、手紙をあけてざっと読む。そしてとび上がる）ああヘッダ、リーナ叔母さんが危篤だって書いてある！

ヘッダ　そうなるのは、わかってたことでしょ。

テスマン　もう一度会いたかったら、急いでくるようにって。すぐにとんでかなくちゃ。

ヘッダ　（微笑を抑え）とんでくのあなた？

テスマン　ねえヘッダ、――君もいっしょにこれないかな！　どうだい！

ヘッダ　（立ち上がり、うんざりして拒むように言う）いえいえ、それは言わないで。わたし、病人や死人を見るのは嫌いなの。醜いものは、どんなものにも近づきたくない。

テスマン　じゃあ、しょうがないか――！（あちこち動き）ぼくの帽子は――？　オーバーは――？　そうだ、玄関だ――。うまく間に合うといいんだがヘッダ？　あん？

ヘッダ　さあ、とんでかなくちゃ――

ベルテが玄関ホールへのドアに現れる。

ベルテ　ブラック判事さまがお見えになって、お会いできるかたずねてらっしゃいますが。
テスマン　こんなときに！　いや、とても会ってなんかいられない。
ヘッダ　でもわたしは大丈夫。（ベルテに）お通しして。

ベルテは去る。

ヘッダ　（急いでささやく）包み、テスマン！

彼女は椅子の上の包みをつかむ。

テスマン　ああ、ぼくにくれ！
ヘッダ　いえいえ、いない間、しまっといてあげる。

彼女は書き机のところへ行き、包みを本棚にさしはさむ。テスマンはあわてていて、手袋をはめられない。

ブラック判事が玄関ホールから入ってくる。

ヘッダ　（彼にうなずき）まあ、ほんとうに早起き鳥ですのね。
ブラック　ええ、そう思うでしょう？（テスマンに）君も出かけるところ？
テスマン　ええ、叔母さんのところへ急いで。実は——病気の叔母が危篤なんです、かわいそうに。
ブラック　おや、そうなのか？　じゃ、わたしにおかまいなく。そんな大変なときだ——
テスマン　ええ、走ってかなくちゃ——さよならさよなら！

彼は玄関ホールを通って急いで出て行く。

ヘッダ　（近づき）ゆうべ、あなたのところは、陽気なんてものじゃなかったようね判事さん。
ブラック　とうとう、着換えもしないままですよヘッダさん。
ヘッダ　あなたも？
ブラック　ええ、ごらんのとおり。しかしテスマンはゆうべのこと、なんて言ってました？
ヘッダ　これといって面白そうなことはなにも。ただ、どこかでコーヒーを飲んできたとか。
ブラック　コーヒーパーティのことはわたしも聞いています。エイレルト・レェーヴボルグは、

ヘッダ　いっしょじゃなかったでしょう？
ブラック　ええ、あの人、仲間に宿まで送ってもらったとか。
ヘッダ　テスマンもいっしょに？
ブラック　いいえ、ほかのものって言ってた。
ヘッダ　（にやりとして）イェルゲン・テスマンは、ほんとに無邪気な男ですよヘッダさん。
ブラック　ええ、それはまぎれもない事実。でも、なにかあったの？
ヘッダ　ええ、ないとは言えない。
ブラック　そう！　座りましょう判事さん。もっとよく話ができます。

彼女はテーブルの左側に座り、ブラックはテーブルの長いほう、彼女の近くに座る。

ヘッダ　それで？
ブラック　わたしは、わけがあって、お客たちのあとをついて行ったんです――いや、もっと正確には、客の何人かのあとを、ですね。
ヘッダ　で、その中にはエイレルト・レェーヴボルグもいた？
ブラック　実を申せば――そうです。
ヘッダ　たまらなく気をそそる――

ブラック　彼とほかの連中が、そのあとの夜をどこで過ごしたか、おわかりですかヘッダさん？

ヘッダ　話すつもりなら、さっさと話して。

ブラック　まあまあ、話しますよ。そう、連中はね、さる華やかな集まりに顔を出したんです。

ヘッダ　陽気なもの？

ブラック　最高に陽気なもの。

ヘッダ　もう少しそのことを判事さん――

ブラック　レェーヴボルグは前もって招待されていたんです。わたしはそのことをよく知ってました。ところが彼はその招待を断ったんです。なぜって、彼は今やまったく新しい人間になったんですから、ご承知のように。

ヘッダ　エルヴステード村長のところで、そう。だけどあの人、やはりそこに行ったの？

ブラック　そうですすヘッダさん――彼は運悪く、ゆうべわたしのところで気が高ぶってしまいましてね――

ヘッダ　ええ、あの人の気持ちが高ぶってたことは聞きました。

ブラック　かなり激しい高ぶり方でした。まあそこで、わたしが思うに、彼の考えが変わったんでしょうね。われわれ男というものは、残念ながら、いつもいつも性根がしっかりしているとはかぎりませんから。

ヘッダ　おや、あなたは別でしょう判事さん。でも、レェーヴボルグはそれで――？
ブラック　ええ、簡単に言えば――彼は結局、ミス・ダイアナのサロン[*88]に現れた。
ヘッダ　ミス・ダイアナ？
ブラック　そのパーティを開いたのはミス・ダイアナだったんです。女友だちや崇拝者の内輪の集まり。
ヘッダ　それ、赤毛の人？
ブラック　そう。
ヘッダ　一種の――歌うたい？
ブラック　ええ――そう。その上、名うての狩人[*89]――男狩りのね――ヘッダさん。おそらく耳にされたことがあるでしょう。エイレルト・レェーヴボルグは、あの女の親密なパトロンの一人だった――羽振りのよかった頃はね。
ヘッダ　それで、そのあとどうなったの？
ブラック　あまり和気あいあいというんじゃなかったようですね。ミス・ダイアナ、心からの歓迎転じて、とっつかみ合い――
ヘッダ　レェーヴボルグと？
ブラック　そう。彼はあの女かほかのものに、なにかを盗まれたと言い出したんです。手帳とかなんとかが無くなったと。つまり、一騒動起こしたってわけですよ。

ヘッダ　それでどうなったの？

ブラック　まあ、おきまりのコース、男女入り乱れてニワトリの喧嘩。*90 幸い、警察が駆けつけて。

ヘッダ　警察まで？

ブラック　ええ。でもこれは、エイレルト・レェーヴボルグにとって、かなり高くついた遊びでしょうね。馬鹿な男ですよ。

ヘッダ　それで！

ブラック　彼はめちゃくちゃに抵抗したんです。警官の頭をなぐり、上着をずたずたにして。それで警察へ連行された。

ヘッダ　あなた、どこでそんなこと知ったの？

ブラック　警察で。

ヘッダ　（空を見つめ）じゃ、そういうことだった。あの人、葡萄の葉で頭を飾ってなかった。

ブラック　葡萄の葉ってヘッダさん？

ヘッダ　（調子を変えて）でも教えて判事さん——あなた、どうしてそんなにエイレルト・レェーヴボルグのことを気にかけるの？

ブラック　第一に、尋問のとき、彼が出て行ったのがわたしの家からだということになれば、わたしもまったく無関係ではいられなくなる。

ヘッダ　それじゃ、警察で尋問が？

ブラック　当然。しかしまあ、どういう成り行きでこうなったか、ということぐらいでしょう。ただわたしはこの家の友人として、あなたとテスマンに彼の昨夜の行状をお知らせするのが義務だと思いましてね。

ヘッダ　でも、いったいなぜブラック判事さん。

ブラック　なぜって、彼があなたを、身を隠すのに利用するんじゃないかと、大いに疑ってるんです。

ヘッダ　でも、どうしてそんな風に思うの！

ブラック　いやいや――だれにだって目はありますからヘッダさん。わかるでしょう！　あのエルヴステード夫人だって、すぐにはこの町を発たないでしょうし。

ヘッダ　あの二人の間になにかあるとしても、会う場所はほかにいくらもあるでしょう。

ブラック　しかし普通の家というわけにはいかない。これからは、ちゃんとした家はどこも、エイレルト・レェーヴボルグをしめ出すでしょう。

ヘッダ　だからここでも、そうすべきだと言いたいのね？

ブラック　そう。申し上げますが、あの御仁がしょっちゅうここに出入りすることになれば、わたしは苦痛以上のものを感じますよ。彼のような軽薄で――だらしのない男が――ここに現われるなら――

ヘッダ　――三角関係の一角に？

ブラック　そのとおり。そうなればわたしは宿なし同然。

ヘッダ　（にっこりして彼を見る）じゃあ、――鶏《とり》小屋のただ一羽の雄鶏、――それがあなたの目的ね。

ブラック　（ゆっくりうなずき、声を低める）そう、それがわたしの目的。その目的のためなら闘いますよ――手にできるあらゆる手段を尽くしてもね。

ヘッダ　（微笑が消える）あなたって、ほんとに危険な人――いざとなると。

ブラック　そうお思いですか？

ヘッダ　ええ、そう思い始めてます。だからとても嬉しい――今のところまだあなたは、どの点でもわたしの首根っこを押さえて[*91]いませんから。

ブラック　（大声で笑い）いやいやヘッダさん――おっしゃるとおりだ。首根っこを押さえれば、わたしはどんなことをしでかすか、わかりませんからね。

ヘッダ　ええ、でもね判事さん！　それ、わたしを脅迫してるのと同じよ。

ブラック　（立ち上がる）ああ、とんでもない！　三角関係、おわかりでしょ。――それはなにより、お互いの自由意志を尊重して成り立つのでなくちゃ。

ヘッダ　それはわたしも同意見。

ブラック　さあ、申し上げたいことは言いました。では、おいとまします。さようならヘッダさん！

彼はガラスドアのほうへ行く。

ヘッダ　（立ち上がり）庭からお帰り？
ブラック　そのほうが近道ですから。
ヘッダ　それに、裏口だし。
ブラック　まさしく。裏口は嫌いじゃない。ときにはかなり刺戟的なこともある。
ヘッダ　射撃の的になったり？
ブラック　（ドアのところで、彼女に笑いかけ）ああ、人はわが家の雄鶏を撃ったりはしない！
ヘッダ　（同じく笑って）そうね、たった一羽しかいないときはなおのこと――

彼らは笑いながら挨拶し別れる。彼が去ったあと、彼女はドアを閉める。

ヘッダはしばし、真剣な表情で外を眺めている。それから開き口のところへ行き、カーテンの間から中をのぞく。そして書き机のところへ行き、本棚からレェーヴボルグの包みを取り、中をぱらぱらと見ようとする。ベルテの声が玄関ホールで高く聞こえる。ヘッダは振り返り、聞き耳を立て、急いで包みを引き出しにしまって、鍵を机の上に置く。

エイレルト・レェーヴボルグがオーバーを着たまま、帽子を手に、玄関ホールへのドアを荒々しく開ける。彼はやや混乱した風で、興奮している様子。

レェーヴボルグ　（玄関ホールのほうを向いて）いいか、どうしてもお目にかかると言ってるんだ！わかるか！

彼はドアを閉め、振り返り、ヘッダを見る。とたんに自分を抑え、挨拶する。

ヘッダ　（書き机のところで）まあレェーヴボルグさん、テーアのお迎えにしてはずいぶんと遅いお越し。

レェーヴボルグ　それとも、あなたに会うにしてはずいぶんと早すぎる。許してください。

ヘッダ　あの人がまだここだって、どうしてわかったの？

レェーヴボルグ　一晩中帰ってないと、宿で聞いてきたんです。

ヘッダ　（テーブルのほうに行って）宿の人がそう言ったとき、あなた、なにか気づくことは

レェーヴボルグ　なかった？

ヘッダ　（たずねるように彼女を見つめ）気づくって？

レェーヴボルグ　つまり、変な顔をされなかったかってこと？

（突然理解し）ああ、そうか！　おれは彼女もいっしょに引きずり込む！　それに気づきさえしない。――テスマンはまだ起きてない？

ヘッダ　ええ――そう思う――

レェーヴボルグ　戻ったのはいつ？

ヘッダ　とても遅く。

レェーヴボルグ　なにか話してました？

ヘッダ　ええ、判事さんのところはなかなか愉快だったって。

レェーヴボルグ　ほかにはなにも？

ヘッダ　ええ、なかったと思うけど。でもわたし、すごく眠かったから――

エルヴステード夫人が奥のカーテンの間から入ってくる。

エルヴステード夫人　（彼のほうへ行く）ああレェーヴボルグ！　やっと――！

レェーヴボルグ　うんやっと。だが遅すぎる。

エルヴステード夫人　（心配そうに彼を眺める）なにが遅すぎるの？
レェーヴボルグ　すべてが遅すぎる。おれはもうお終いだ。
エルヴステード夫人　いいえいいえ――そんなこと言わないで！
レェーヴボルグ　わけを聞けば、君だって同じことを言う――
エルヴステード夫人　なにも聞きたくない！
ヘッダ　二人きりで話したいんじゃないの？　わたしは失礼する。
レェーヴボルグ　いや、いてください――あなたも。お願いします。
エルヴステード夫人　でもわたし、なにも聞きたくないなにも！
レェーヴボルグ　おれが話そうというのは、ゆうべの馬鹿騒ぎのことじゃない。
エルヴステード夫人　じゃ、なんなの――？
レェーヴボルグ　君とおれとは、別々の道を行かねばならないということ。
エルヴステード夫人　別々の道！
ヘッダ　（思わず）わかってた！
レェーヴボルグ　なぜって、おれにはもう、君は必要ないからだテーア。
エルヴステード夫人　そんなこと、平気で言うなんて！　わたしは必要じゃない！　わたしは前と同じようにあなたの手伝いをするんじゃないの？　二人して、共同の仕事をつづけるんじゃないの？

レェーヴボルグ　仕事をする気がもうない、おれには。
エルヴステード夫人　（すてばちになって）じゃわたし、なんのために生きていけばいいの？
レェーヴボルグ　君は、おれをぜんぜん知らなかったと思って生きていってくれ。
エルヴステード夫人　そんなことできない！
レェーヴボルグ　やってみるんだテーア。家に戻って――
エルヴステード夫人　（爆発する）絶対にいや！　あなたのいるところにわたくしもついて行く！　こんな風に追い帰されたりしない！　わたしはここにいる！　あの本が出るとき、あなたといっしょにいる！
ヘッダ　（低く、緊張して）ああ、本――ええ！
レェーヴボルグ　（彼女を見て）おれとテーアの本。そうなんです。
エルヴステード夫人　ええ、わたしもそう思ってる。だから、あれが出るとき、わたしもあなたのそばにいていいはずでしょ！　あなたがもう一度、尊敬と名誉に包まれるのをこの目で見る。その喜び――その喜びをあなたといっしょに分けもつ。
レェーヴボルグ　テーア、――おれたちの本は、もう決して出ない。
ヘッダ　ああ！
エルヴステード夫人　もう出ない！
レェーヴボルグ　決して出ることがない。

エルヴステード夫人　（不安に満ちて）レェーヴボルグ、――あなた原稿をどうしたの？
ヘッダ　（緊張して彼を見つめ）そう、原稿――？
エルヴステード夫人　どこにあるのあれは！
レェーヴボルグ　ああテーア、――お願いだから聞かないでくれ。
エルヴステード夫人　いえいいえ、聞きたい。わたしには聞く権利がある。
レェーヴボルグ　原稿――そう――あの原稿、あれは、めちゃめちゃに引き裂いてしまった。
エルヴステード夫人　（悲鳴）ああ、いえいいえ――！
ヘッダ　（思わず）でもそんなはずは――！
レェーヴボルグ　（彼女を見て）ないとでも？
ヘッダ　（自分をとり戻し）いいえ、もちろん。あなたがそう言うなら。でも、とても変に思える――
レェーヴボルグ　でも事実です。
エルヴステード夫人　（手をくねらせ）ああ神さま――神さま、ヘッダ――自分の書いたものを引き裂いてしまうなんて！
レェーヴボルグ　おれは自分自身の命を引き裂いた。だから命をかけた本を引き裂いたからって――
エルヴステード夫人　それを、ゆうべやったのね！
レェーヴボルグ　そうだ、わかるか。切れ切れに引き裂いた。そして入江にばらまいた。遠く遠く。

澄み切った海。そこを漂う。波と風に運ばれ。やがて沈んで行く。深く深く。おれと同じようにテーア。

エルヴステード夫人　わかってるのレェーヴボルグ、あの本をそんな風に――。わたし、一生の間、あなたが赤ん坊を殺したと思いつづける。

レェーヴボルグ　そのとおりだ。これは赤ん坊殺しだ。

エルヴステード夫人　でもどうしてそんなことができたの――！　あれはわたしの子供でもあったのよ。

ヘッダ　（ほとんど聞こえない声で）ああ、子供――

エルヴステード夫人　（重くため息をつく）お終い。ええ、ええ、わたしもう行きますヘッダ。

ヘッダ　でも、町を出るんじゃないでしょう？

エルヴステード夫人　どうするか、なにもわからない。もう目の前が真っ暗。

彼女は玄関ホールのドアを通って出て行く。

ヘッダ　（立ったまま、しばし待つ）あの人を宿に送って行かないつもりレェーヴボルグさん？

レェーヴボルグ　わたしが？　大通りを？　これみよがしに彼女といっしょに歩いて行く？

ヘッダ　ゆうべ、ほかになにがあったか知らないけれど、ほんとうにとり返しはつかないの？

レェーヴボルグ　ゆうべだけの問題じゃない。よくわかってる。肝心なのは、ああいう生活をつづける気がもうないということ、新しくやり直す気が。彼女はわたしの持っていた生きる勇気と反逆精神を潰してしまった。

ヘッダ　（眼前の空を見つめ）あのかわいい小っちゃなお馬鹿さんの手が、人間の運命を左右したのね。（彼を見る）でもあなた、彼女に対してあまりに残酷じゃなかった？

レェーヴボルグ　残酷なんて言わないでください。

ヘッダ　彼女の心をずっと満たしてきたものを、あんなに簡単に壊してしまった！　あなたそれを、残酷だとは思わないの！

レェーヴボルグ　あなたになら、ほんとうのことが言える、ヘッダ。

ヘッダ　ほんとうのこと？

レェーヴボルグ　約束してくれますか――今から話すことは、決してテーアに言わないと誓ってくれますか。

ヘッダ　誓う。

レェーヴボルグ　いいでしょう。じゃ言います。さっきのわたしの話、あれはほんとうじゃない。

ヘッダ　原稿のこと？

レェーヴボルグ　ええ。あれは引き裂いたんじゃない。入江に棄てたのでもない。

ヘッダ　ええ、ええ――でも――それじゃどこにあるの？

レェーヴボルグ　めちゃめちゃにしてしまったことに変わりはない。完全にヘッダ！

ヘッダ　なんのことかわからない。

レェーヴボルグ　テーアはわたしのやったことを、赤ん坊殺しだと言った。

ヘッダ　ええ、――そう言ってた。

レェーヴボルグ　でもわが子を殺すことが――父親の最悪の行為ではない。

ヘッダ　最悪じゃない？

レェーヴボルグ　そう。その最悪のことを、テーアには聞かせたくなかった。

ヘッダ　それで、その最悪ってなんなの？

レェーヴボルグ　いいですかヘッダ、一人の男が――明け方になって――乱痴気騒ぎの夜を過ごして家に戻り、子供の母親にこう言う、おい――おれはこれこれの所へ行った、これこれの場所へ。子供もいっしょに連れて行った。これこれの場所へ。ところが子供はいなくなってしまった。影も形も見えなくなった。どうなったのかさっぱりわからない。だれがどうしたのかわからない。

ヘッダ　ああ――でも結局のところ――ただの本にすぎない――

レェーヴボルグ　テーアの全身全霊があの本には込められている。

ヘッダ　ええ、それはわかる。

レェーヴボルグ　だから、彼女とわたしの間にはもう未来がない、それもわかるでしょう。

ヘッダ　これからどうするつもり？

レェーヴボルグ　なにも。ただすべてが終わるのを見とどけるだけ。早ければ早いほどいい。

ヘッダ　（一歩近づき）エイレルト・レェーヴボルグ――いい？　――あなたそれを、――美しくやりとげてちょうだい。

レェーヴボルグ　美しく？（にっこりして）葡萄の葉で頭を飾って、昔あなたがよく想像していたように――

ヘッダ　いいえ。葡萄の葉の冠なんか――もう信じない。でもやはり美しくね！　一度だけでいい！　――さようなら！　もう行きなさい。ここへは二度とこないで。

レェーヴボルグ　さようなら奥さん。イェルゲン・テスマンによろしく。

彼は行こうとする。

ヘッダ　いいえ待って！　あなたに記念になるものをあげたい。

彼女は書き机のところへ行き、引き出しを開けて、ピストルのケースを出す。片方のピストルをもって、レェーヴボルグのところに戻ってくる。

レェーヴボルグ　（彼女を見つめ）これ？　これが記念の品？

ヘッダ　（ゆっくりとうなずき）見覚えがある？　かつてこれは、あなたに対して向けられたことがあった。

レェーヴボルグ　あのとき、これを使っておけばよかったんだ。

ヘッダ　さあ！　今、あなたが使うの。

レェーヴボルグ　（ピストルを胸のポケットに差し込む）ありがとう！

ヘッダ　美しくねエイレルト・レェーヴボルグ。約束してちょうだい！

レェーヴボルグ　さようなら、ヘッダ・ガブラー。

彼は玄関ホールへのドアを通って出て行く。

ヘッダはしばらく扉のところで聞き耳を立てている。それから書き机のところへ行き、原稿の包みを取り出し中をちょっとのぞく。そして何枚かを半分引き出して眺める。それから全部を持って部屋を横切り、ストーヴの側の肘かけ椅子に座る。包みは膝の上。ややあって、彼女はストーヴの塞ぎ戸を開け、次に包みをあける。

ヘッダ　（原稿の一枚を火の中へ投げ入れ、独りつぶやく）　さあ、あなたの子供を焼いてやるテーア！　――ちぢれ毛さん！（二、三枚をストーヴへ投げ入れる）　あなたとエイレルト・レェーヴボルグの子供。（残りを投げ入れる）さあ、焼いてやる、――子供を焼いてやる。

第四幕

テスマン家の同じ部屋。夕方。客間は薄暗い。奥部屋はテーブルの上のつりランプで照らされている。ガラスドアのカーテンは閉まっている。

ヘッダが黒い服装で、暗い部屋の中を往き来している。それから奥部屋へ入り、左手へ消える。そこからピアノの音[*92]が少しして、彼女は再び現れ、客間へ入ってくる。

ベルテが奥部屋の右手から、火を灯したランプをもって現れる。ランプを客間の隅のソファの前にあるテーブルに置く。彼女は目を泣きはらし、黒いリボンのついたキャップをかぶっている。静かに注意深く右手へ去る。ヘッダはガラスドアのところへ行き、カーテンを少し引いて開け、暗い外を眺める。

しばらくしてテスマン嬢が、喪服姿で帽子とヴェールをかぶり、玄関ホールから入ってくる。ヘッダは彼女を迎えに近づき、手を差し出す。

テスマン嬢　ああ、ヘッダ、こうやって喪服でやってきましたよ。かわいそうな妹がとうとうあの世へ旅立ったんでね。

ヘッダ　存じてます、ごらんのように。[*93] テスマンが知らせを寄こしてくれました。

テスマン嬢　ええ、あの子が知らせるって言ってたけどね。やっぱりヘッダには――命にあふれたこの家[*94]には――わたしが自分で、亡くなったことを伝えなくちゃと思ったのよ。

ヘッダ　それはどうもご親切に。

テスマン嬢　ああ、リーナも、よりによって今あの世へ行くなんて。ヘッダの家が喪に服してはいけないときに。

ヘッダ　（話を変えて）安らかにお亡くなりでしたテスマンさま？

テスマン嬢　ええ、とてもきれいでね――穏やかに息を引き取りました。それになによりありがたいのは、イェルゲンにもう一度会えたことでね。最後のさようならを言えた。――あの子、まだ戻ってない？

ヘッダ　ええ。すぐには帰れないって言ってました。でもどうぞ、お座りになって。

テスマン嬢　いいえありがとう――優しいヘッダ。そうしたいけど、あんまり時間がないのよ。あの子をできるだけうまく飾ってやらないとね。きれいにしてお墓へ入れてやらなくちゃ。

ヘッダ　なにか、お手伝いできることはありません？

テスマン嬢　まあ、とんでもない！　ヘッダ・テスマンが、そんなことにかかわっちゃいけない。そんな考え、もってもいけない。特に今はいけない。

ヘッダ　ああ考え、——それはそう簡単には自由にならない——

テスマン嬢　（つづけて）ええまあ、この世ではそうしたもの。家に戻って、リーナのリンネルを縫ってやらなくちゃ。ここでももうすぐ、縫い物がはじまると思うけど、でもそれは別のこと——ありがたいことに！

イェルゲン・テスマンが玄関ホールへのドアから入ってくる。

ヘッダ　ああよかった、やっと帰ってきた。

テスマン　ここにいたんですかユッレ叔母さん？　ヘッダといっしょに？　どうだい！

テスマン嬢　もう帰ろうと思ってたところよおまえ。約束したことはみんなやってくれた？

テスマン　いいえ、半分くらい忘れているんじゃないかな、心配だ。あしたまた訪ねます。今日はぼく、頭が混乱してしまって、考えを集中できない。

テスマン嬢　だけどイェルゲン、そんなに気を落とさないでね。

テスマン　ええ？　どういうこと？

テスマン嬢　悲しみの中にも喜びを持たなくちゃ。なにごとも感謝の気持ちよ、わたしのようにね。

テスマン　ああそうか、リーナ叔母さんのことだね。

ヘッダ　これからは、お寂しくなりますねテスマンさま。

テスマン嬢　はじめのうちはね。でもいつまでもってことはない。そう願ってます。リーナの小さな部屋も、ずっと空いたままじゃないだろうし！

テスマン　ええ？　だれかを住まわせるの？　あん？

テスマン嬢　ああ、優しい看護の必要な病人は、いくらもいるよ、かわいそうにね。

ヘッダ　ほんとうにまた、そんなつらい思いをされるおつもり？

テスマン嬢　つらいだなんて！　神さまのお許しをあなたに――つらいなんてことはちっともありませんよ。

ヘッダ　でも、見ず知らずの人だと――

テスマン嬢　ああ、病人とはすぐに気持ちが通じるものよ。それにわたしは、だれか世話をしてあげる相手がいなくちゃとても生きていけない。ありがたいことに、――この家でも年取った叔母さんの世話がすぐに必要になると思うけど。

ヘッダ　ああ、わたしたちのことはかまわないでください。

テスマン　そうだ、ここでぼくたち三人いっしょに住んだらどんなにいいだろうな、もし――

ヘッダ　もし――？

テスマン　（落ち着きをなくし）いや、なんでもない。うまくいく。そう願ってよう。あん？

テスマン嬢　ええ、ええ。あなたたち、二人で話すことがあるのね、わかりますよ。（にっこりして）それにヘッダもきっと、おまえに話すことがあるよイェルゲン。さようなら！　さあ、リーナのところへ戻ってやりましょう。（ドアのところで振り返り）ほんとにまあ、不思議ね！　リーナは今、わたしと死んだヨックムの両方といっしょにいるのよ。

テスマン　ああ、ほんとだねユッレ叔母さん！　あん？

テスマン嬢は玄関ホールへのドアを通って去る。

ヘッダ　（冷たく、眼でさぐるようにテスマンを追う）身内をなくしてあなた、叔母さん以上に弱ってるようね。

テスマン　いや、それだけじゃない。エイレルトのことなんだ、どうも気持ちが落ち着かないのは。

ヘッダ　（急いで）あの人のことで、なにか新しい知らせでも？

テスマン　昼間、急いで彼のところへ行って、原稿はちゃんと保管してあると言ってやろうと思ったんだ。

ヘッダ　で？　あの人に会えなかったでしょ？
テスマン　うん。宿にいなかった。でもそのあとでエルヴステードさんに会ったら、彼は今朝早く、ここにきたっていうじゃないか。
ヘッダ　そう、あなたが出て行ったあとすぐに。
テスマン　それで、あの原稿は引き裂いたと言ったって、あん？
ヘッダ　ええ、そう言ってた。
テスマン　しかしなんてこと。それじゃまったく狂ってたんだ！　だから君は、原稿を返す気になれなかったんだねヘッダ？
ヘッダ　そう、返さなかった。
テスマン　でも、ここで預かってることは伝えたんだろう？
ヘッダ　いいえ。（急いで）あなた、それをエルヴステードさんに言ったんじゃない？
テスマン　いや、言わないよ。でも彼には言っとくべきだったよ。絶望のあまり、とんでもないことをしでかすかもしれない！　原稿をくれヘッダ！　すぐに持ってってやろう。包みはどこにある？
ヘッダ　（冷たく、不動のまま、肘かけ椅子に身を支え）もうない。
テスマン　ない？　どういうことだそれは？
ヘッダ　焼いてしまった——全部。

テスマン　（悲鳴を上げて、とび上がる）焼いた！　エイレルトの原稿を焼いた！
ヘッダ　叫ぶのはやめて。女中に聞こえるでしょ。
テスマン　焼いた！　そんな馬鹿な――！　いやいやいや――そんなことあり得ない！
ヘッダ　ええ、でもほんとうなの。
テスマン　しかし君、それがどういうことかわかってるのかヘッダ！　拾ったものだからって犯罪だよ。そうだよ！　ブラック判事さんに聞いてごらん、教えてくれるよ。
ヘッダ　これは、だれにも話さないほうがいい――判事さんにも、ほかのだれにも。
テスマン　だけど、どうしてそんな酷いことをしたんだ！　どうしてそんなこと考えた！　そんな気になった？　答えてくれ。あん？
ヘッダ　（ほとんど気づかないくらいの微笑を抑え）それ、あなたのためにしたのイェルゲン。
テスマン　ぼくのため！
ヘッダ　あなた、今朝戻ってきて、あの人があなたに、朗読して聞かせたと言ったとき――
テスマン　ああ、それがどうした？
ヘッダ　あんな本を書いたことに妬みを覚えたと言ったでしょ。
テスマン　いや、それはなにも、文字どおりの意味じゃない。
ヘッダ　そうは言っても。だれかほかの人があなたの影を薄くしてしまうなんて、考えただけでも我慢できなかった。

テスマン　（疑いと喜びの間で叫ぶ）ヘッダ、――そんなことって、ほんとうか！　――そうか――そうか。――そんな風に君が愛情を示してくれたなんて初めてだ。どうだい！

ヘッダ　まあ、これも話しておいたほうがいいか――ちょうど今――（激しく、やめて）いえいえ――ユッレ叔母さんに聞けば。教えてくれるから。

テスマン　ああ、だいたい見当はつくよヘッダ！（手を叩き）いやまったく――ほんとうにそんなことって！　あん？

ヘッダ　そんな大声を出さないで。女中に聞こえる。

テスマン　（喜びいっぱいで笑いながら）女中！　いや、面白いこと言うよヘッダ！　女中って――ベルテじゃないか！　ぼくが自分で話してやる。

ヘッダ　（絶望して手をくねらせ）ああ、わたし死んでしまう――死んでしまう、こんなこと、なにもかもに！

テスマン　なんにだってヘッダ？　あん？

ヘッダ　（冷たく、抑制し）なにもかも――滑稽だってことに――イェルゲン。

テスマン　滑稽？　ぼくがこんなに喜んでることが？　でもそうだね――ベルテに話すようなことじゃないね。

ヘッダ　いいえ――かまわないんじゃない？

テスマン　いやいや、まだやめておく。でもユッレ叔母さんには知らせなくちゃ。それに、君がぼくをイェルゲンと呼びだした[*95]ことも！　どうだい。ああ、ユッレ叔母さん喜ぶよ、――とっても喜ぶ！

ヘッダ　わたしがレェーヴボルグの原稿を焼いたことも言ったら――あなたのために？

テスマン　いや、そうだ！　原稿のことは、もちろんだれにも知られちゃいけない。でも、君がぼくに焼き焦がれてる[*96]ってことはヘッダ――ユッレ叔母さんにも教えてあげなくちゃ！　いやまったく、若い妻って、こういうのが普通なのかな君？　あん？

ヘッダ　それも叔母さんに聞いてみるといい。

テスマン　うん。いつか聞いてみよう。（再び落ち着きをなくし、思いに沈んだ様子）そうだ、――そうだ原稿だ！　まったく、かわいそうなエイレルトのことを思うとたまらなくなる。

エルヴステード夫人が最初の訪問のときと同じ衣裳で、帽子をかぶり、オーバーを着て、玄関ホールへのドアから入ってくる。

エルヴステード夫人　（急いで挨拶し、昂奮して言う）ああヘッダ、またお邪魔してごめんなさい。

ヘッダ　どうかしたのテーア？

テスマン　エイレルト・レェーヴボルグのことで、またなにか？　あん？

エルヴステード夫人　ええそうなんです――あの人になにか事故があったんじゃないかと、わたしすごく心配で。
ヘッダ　（彼女の腕をつかみ）ああ――あなたそう思う！
テスマン　だけどいったい――どうしてそんなこと思うんですエルヴステードさん！
エルヴステード夫人　ええ、だって宿へ戻りましたら――みんながあの人の話をしているんです。ああ、町じゃ今日、あの人のことでとても信じられないような噂が広まってます。
テスマン　うん、そうだ、それはぼくも聞いた！　でもぼくは、彼がまっすぐ宿に戻って休んだと断言できる。どうだい！
ヘッダ　それで――あなたの宿ではなんて言ってたの？
エルヴステード夫人　よくはわかりませんでした。みんなも詳しいことは知らないのか、それとも――わたしを見たら黙ってしまいました。わたしも、たずねる勇気はとても出せませんでしたし。
テスマン　（落ち着きなく部屋を歩く）できれば――できれば、聞き違いであることを願ってますよエルヴステードさん！
エルヴステード夫人　いえいえ、話してたのがあの人のことだってことはたしかです。それに病院とかなんとか言うのが聞こえました――
テスマン　病院！

ヘッダ　いいえ――そんなはずない！

エルヴステード夫人　わたし死ぬほど心配になったもので、あの人の宿へ行って、いるかどうか聞いてみたんです。

ヘッダ　よくそんなことできたのねテーア！

エルヴステード夫人　ええ、ほかにどうすればよかったでしょう？　これ以上あいまいなままで過ごすことは、とてもできないと思ったんです。

テスマン　でも、会えなかったあなたも？　あん？

エルヴステード夫人　ええ。あそこの人たちも、なにも知らないんです。あの人、きのうの午後からずっと戻ってないって言うんです。

テスマン　きのうから！　ほんとに、そんなことって！

エルヴステード夫人　ああ、あの人になにか間違いがあったとしか考えられません！

テスマン　ねえヘッダ――ぼく、ひとっ走りして、あちこちで様子を聞いてきたらどうだろうか――？

ヘッダ　いえいえ――あなたは、これにかかわらないで。

ブラック判事が帽子を手にして、ベルテの開けた玄関ホールへのドアから入ってくる。ベルテはドアを閉める。ブラック判事は真剣な顔つきで黙って挨拶する。

テスマン　ああ、あなたですか判事さん？　ええ？
ブラック　そう、どうでも今晩会っておかなくちゃと思ってね。
テスマン　わかります、ユッレ叔母さんから知らせがあったんですね。
ブラック　そのことなら、たしかに。
テスマン　悲しいことですね？　ええ？
ブラック　まあねテスマン、見方によるだろう。
テスマン　（よくわからず、彼を見て）いらしたのは、なにか別のこと？
ブラック　そうなんだ。
ヘッダ　（緊張して）悲しいこと判事さん？
ブラック　それもまた、見方によりますね奥さん。
エルヴステード夫人　（思わず叫ぶ）ああ、エイレルト・レェーヴボルグのことね！
ブラック　（ちょっと彼女を見て）どうしてそうお思いですか奥さん？　多分、もうなにかご存じ――？
エルヴステード夫人　（まごついて）いいえ、わたしなにも存じてません、でも――
テスマン　でも、まったく、さっさと話してくださいよ！
ブラック　（肩をすくめ）うん、――残念ながら――エイレルト・レェーヴボルグは病院に運びエルヴステード夫人　込まれた。もう死にかけている。
テスマン　（悲鳴をあげ）ああ神さま、神さま――！
ヘッダ　病院で！　死にかけてる！
エルヴステード夫人　（思わず）こんなに早く――！
ヘッダ　（泣きながら）わたしたち、仲直りもせずに別れてしまうヘッダ！
エルヴステード夫人　（ささやき声で）だけど、テーア――テーア、ね！
ブラック　（彼女に注意を払わず）あの人のところへ行かなくちゃ！　生きてるうちに会わなくちゃ！
エルヴステード夫人　だめでしょうね奥さん。だれも面会は許されません。
ああ、でも教えてください、いったいなにが起こったのか！　どういうことなんです？
テスマン　いや、まさか自分で自分を――！　ええ？
ヘッダ　そう。きっとそう。
テスマン　ヘッダ、――君どうして――！
ブラック　（絶えずヘッダに目を向けていたが）残念ながら、見事言い当てましたよ奥さん。
エルヴステード夫人　まあ、なんて恐ろしい！
テスマン　自殺とは！　どうだい！

ヘッダ　撃ち抜いた！
ブラック　また言い当てた奥さん。
エルヴステード夫人　（気を取り直そうとしながら）いつのことですか判事さん？
ブラック　今日の午後。三時と四時の間。
テスマン　しかしいったい――どこでやったんですそれを？　ええ？
ブラック　（ややはっきりしない感じで）どこ？　そうだな――自分の宿じゃないかな。
エルヴステード夫人　いいえ、そんなはずありません。あそこにはわたし六時と七時の間に行ってみましたから。
ブラック　そう、じゃ別の場所でしょう。詳しいことは知りません。わたしが聞いたのはただ、彼が発見されたってこと――自分を撃ち抜いて――胸を。
エルヴステード夫人　まあ、考えても恐ろしい！　そんな風に死ぬなんて！
ヘッダ　（ブラックに）撃ったのは胸？
ブラック　そう、――言ったでしょう。
ヘッダ　こめかみじゃなかった？
ブラック　胸ですよ奥さん。
ヘッダ　ええ、ええ――胸だっていい。
ブラック　どうして奥さん？

ヘッダ　(避けて) ああ、いいえ――なんでもない。
テスマン　それで、傷は致命的だというんですね？　ええ？
ブラック　完全な致命傷。おそらく今頃は、もうお終いでしょう。
エルヴステード夫人　ええ、わたしもそんな気がする！　もうお終い！　お終い！　ああヘッダ――！
テスマン　しかしね――そんなこととみんな、どこで聞いてきたんです？
ブラック　(短かく) 警察で。ある人に会いに行ったんでね。
ヘッダ　(高く) とうとうやり遂げた！
テスマン　(びっくりして) いったい――なにを言うんだヘッダ！
ヘッダ　これは美しい行為だって言うの。
ブラック　ふん、奥さん――
テスマン　美しい！　いや、どうだい！
エルヴステード夫人　ああヘッダ、あなた、どうしてこんなこと美しいなんて言えるの！
ヘッダ　エイレルト・レェーヴボルグは己れ自身に決着をつけた。そうする勇気があった――すべきことをする勇気が。
エルヴステード夫人　いいえ、そんな風に言わないで！　あんなこと、頭がどうかしてたんです。
テスマン　絶望のあまりやったんだ！
ヘッダ　そうじゃない。わたしにはわかる。

エルヴステード夫人　いいえ、そうよ！　頭がどうかしてたの！　原稿を引き裂いたときと同じ。

ブラック　（驚いて）原稿って？　本の原稿のこと？　引き裂いたって？

エルヴステード夫人　ええ、ゆうべやったんです。

テスマン　（低くささやく）ああヘッダ、ぼくたちこれから逃れられない。

ブラック　ふん、それは変ですね。

テスマン　（部屋を歩きまわり）エイレルトがこんな風に世を去るなんてね！　しかも名前を後世まで残すはずの本を出すこともなく――

エルヴステード夫人　ああ、あれをまた、もとどおりにできましたらねえ！

テスマン　ああ、ほんとにそうできたら！　そのためなら、ぼくはどんなことでもする――

エルヴステード夫人　もしかしたら、できるかもしれませんテスマンさん。

テスマン　どういう意味？

エルヴステード夫人　（ドレスのポケットを探り）見てください。あの人が口述したときに持っていたメモ、それをとっておいたんです。

ヘッダ　（一歩近づき）ああ――！

テスマン　それをとっておいたエルヴステードさん！　あん？

エルヴステード夫人　ええ、これです。家を出るとき持ってきたんです。ずっとポケットに入れたままでした――

テスマン　ああ、見せてください！

エルヴステード夫人　（彼に一束の紙片を差し出す）でもひどくばらばらで。あちこち、ひどくとんでたりする。

テスマン　それでも、ちゃんと整理できるかもしれない！　もし二人で協力したら――

エルヴステード夫人　ええ、そうですね、とにかくやるだけやってみましょう――

テスマン　やりましょう！　やってみせます！　これにぼくは、全生涯をかける！

ヘッダ　イェルゲン？　全生涯を？

テスマン　うん、正確に言えば、できるだけの時間だけど。ぼくの資料は当分お預けだ。ヘッダ、――わかるだろう？　あん？　これはエイレルトに借りた死後の名声のお返しだ。

ヘッダ　おそらくね。

テスマン　じゃ、エルヴステードさん、お互い気を取り直して。起こってしまったことはくよくよ考えたって仕方ありませんから。あん？　できるだけ心を落ち着けてね――

エルヴステード夫人　ええ、ええ、テスマンさん、できるだけやってみましょう。

テスマン　さあ、こっちへいらっしゃい。メモにすぐ目を通してみましょう。どこに座るかな？　ここ？　いや、奥の部屋がいい。失礼、判事さん！　いらっしゃいエルヴステードさん。

エルヴステード夫人　ああ神さま――これがうまくいきましたらね！

テスマンとエルヴステード夫人は奥部屋へ入る。彼女は帽子とオーバーを脱ぐ。二人はつりランプの下のテーブルに向かい、紙片を熱心に調べだす。ヘッダはストーヴのところへ行き、肘かけ椅子に座る。ややあって、ブラックは彼女に近づく。

ヘッダ　（小声で）ああ、判事さん――エイレルト・レェーヴボルグのことは、なんという自由解放[*97]でしょう！

ブラック　解放、ヘッダさん？　まあ、彼にとっては、たしかに解放だと言えるかも――

ヘッダ　いいえ、わたしにとってよ。この世にはまだ、自分からすすんで事を行う勇気が存在する、それを知って、自由解放を味わってる。一抹の、まごうかたなき美しさを感じる。

ブラック　（にやりとして）ふん――ヘッダさんねえ――

ヘッダ　ああ、あなたの言いたいことはわかってます。あなたもやはり学者の類、あなたも同じように――そう！

ブラック　（じっと彼女を見つめ）エイレルト・レェーヴボルグはあなたにとって、おそらく、ご自分で認める以上の存在だった。違ってますか？

ヘッダ　そんなこと答えません。わたしにわかってるのは、エイレルト・レェーヴボルグは、自分の思いどおりに人生を生きる勇気をもっていたってこと。今や——偉大で！美しいと言える、人生の浮かれ騒ぎを絶つ力と意志を持っていたことは——こんなに早く。

ブラック　大変心苦しいんですがねヘッダさん——わたしはあなたのきれいな幻想を破らざるを得ない。

ヘッダ　幻想？

ブラック　どうせそのうち壊されることですが。

ヘッダ　どういうこと？

ブラック　彼が自分を撃ったのは——自由意志じゃないんです。

ヘッダ　自由意志じゃない！

ブラック　そう。レェーヴボルグの事件は、必ずしもさっきわたしが話したとおりではない。

ヘッダ　（緊張して）なにか隠してるの？　なんですそれは？

ブラック　かわいそうなエルヴステードさんのために、二、三ちょっとした言い換えをした。

ヘッダ　どんな？

ブラック　第一に、実際には彼はもう死んでいる。

ヘッダ　病院で。

ブラック　ええ。意識不明のままでね。
ヘッダ　ほかには？
ブラック　事件は彼の部屋で起こったのではない。
ヘッダ　それも、まあ、大したことじゃない。
ブラック　とも言い切れない。なぜって、実を言うと――エイレルト・レェーヴボルグが撃たれていたのは――ミス・ダイアナの化粧部屋[*98]だった。
ヘッダ　（とび上がろうとするが、もとのところに沈み）そんなはずない判事さん！　あの人が今日またあそこへ行くなんてあり得ない！
ブラック　午後にあそこへ行ったんです。あそこで盗られたとかいうものを返せと言いはってね。迷子の子供のことなど、わけのわからないことを口にして――
ヘッダ　ああ――それで――
ブラック　それは原稿のことかと思ってましたが、原稿は自分で破いてしまったというんでしょう。だからきっと手帳のことでしょう。
ヘッダ　そうかもね。――それで、あそこで――あそこであの人、発見された。
ブラック　そう、あそこで。しかし、発砲したピストルが胸のポケットに入っていた。その弾が命を奪った。
ヘッダ　胸を撃って――ええ。

ブラック　いいえ！　――当たったのは、下腹部でした。
ヘッダ　（嫌悪の表情で彼を見上げる）ああ、それも！　わたしが触れるものはなにもかも、滑稽で低俗なものになってしまう。そういう呪いにかかってる。
ブラック　まだあるんですヘッダさん。これもまた、浅ましいことなんですが。
ヘッダ　なんです？
ブラック　彼が所持していたピストルは――
ヘッダ　（息を呑んで）ああ！　それがなに！
ブラック　盗んだものに違いない。
ヘッダ　（とび上がる）盗んだ！　違う！　盗みやしない！
ブラック　そうとしか考えられない。盗んだのに違いない――、しっ！

テスマンとエルヴステード夫人が奥部屋のテーブルから立ち上がり、客間へ出てくる。

テスマン　（両手に紙片をもって）ねえヘッダ――あのつりランプの下じゃ、ぼくにはとても字が読めない。どうだい！
ヘッダ　ええ、どうなの。

テスマン　で、君の書き机を使わせてもらえないかな。あん？
ヘッダ　ええ、かまわない。（あわてて）いえ待って！　その前に片付けるから。
テスマン　ああ、そんなことといいよヘッダ。場所は十分ある。
ヘッダ　いえいえ、片付けると言っているの。これはしばらくピアノの上に移す。そら！

彼女は本棚からあるもの*99を取り出し、それを楽譜で隠して、いくらかの紙片も加えて、全部を奥部屋の左手へ運ぶ。テスマンは紙束を書き机の上に置き、隅のテーブルからランプを運んでくる。彼とエルヴステード夫人は、座って、再び仕事に没頭する。ヘッダが戻ってくる。

ヘッダ　（エルヴステード夫人の椅子の後ろに立ち、彼女の髪を柔らかくいじりながら）まあ、かわいいテーア、――エイレルト・レェーヴボルグの記念事業はうまくいってる？
エルヴステード夫人　（落胆した面持ちで彼女を見上げ）ああほんとに――これを整理するのはとんでもなく難しい。
テスマン　どうでもやらなくちゃ。ほかに道はない。人の書いたものを整理するのは――ぼくの得意とするところだから。

ヘッダはストーヴの方へ行き、スツールの一つに座る。ブラックは彼女のそばに立って、肘かけ椅子に寄りかかっている。

ヘッダ　（ささやき声）あなた、ピストルのことを言ってたのは、なんでしたっけ？

ブラック　（低く）彼が盗んだのに違いないということ。

ヘッダ　どうしてまた、盗んだなんて？

ブラック　ほかに説明のしようがないからですよヘッダさん。

ヘッダ　ああ、そう。

ブラック　（やや彼女を見つめて）レェーヴボルグはもちろん今朝ここにきた、そうでしょう？

ヘッダ　ええ。

ブラック　あなたと二人きり？

ヘッダ　ええ、しばらくの間。

ブラック　彼がいる間に部屋を出たことは？

ヘッダ　ない。

ブラック　よく考えて。ほんのちょっとでも出なかった？

ヘッダ　ええ、多分、ちょっとくらいは——玄関ホールに。

ブラック　そのあいだ、ピストルケースをどこに置いておきました？

ヘッダ　それはその下に――
ブラック　ええ、ヘッダさん？
ヘッダ　ケースは書き机の上にありました。
ブラック　その後、ピストルが二丁ともあるか見てみました？
ヘッダ　いいえ。
ブラック　その必要はありません。わたしはレェーヴボルグが所持していたピストルを見ました。そしてすぐに、きのう拝見したものだとわかりました。以前にも拝見していましたがね。
ヘッダ　あなた、多分それを持ってらっしゃる？
ブラック　いいえ、警察にあります。
ヘッダ　警察では、そのピストルをどうするつもり？
ブラック　持ち主を探すでしょう。
ヘッダ　探せると思います？
ブラック　（彼女の上にかがみこみ、ささやく）いやヘッダ・ガブラー――だめだろうね、わたしが黙っているかぎり。
ヘッダ　（おずおずと彼を眺め）もし黙っていなければ――どうなる？
ブラック　（肩をすくめ）いつだって、ピストルは盗まれたと言い逃れすることはできる。

ヘッダ　（はっきりと）死んだほうがまし！
ブラック　（にやりとして）人はだれでもそう言う。しかしやりはしない。*100
ヘッダ　（答えず）で、ピストルは盗んだのではないとわかり、持ち主もわかる。と、どうなります？
ブラック　ああヘッダ、――そうなれば、スキャンダルになる。
ヘッダ　スキャンダル！
ブラック　スキャンダル、そう――あなたが死ぬほど恐れている。あなたは当然、法廷に立つことになる。あなたとミス・ダイアナの二人とも。彼女はどうしてこういうことになったのか説明させられる。偶発なのか、故意なのか。彼は彼女を脅かすためにポケットからピストルを取り出そうとして引き金を引いてしまったのか？　それとも彼女は、彼の手からピストルを奪って彼を撃ち、そしてまたピストルをポケットへ戻しておいたのか？　あの女ならやりかねない。なかなか不敵な女ですからね、あのミス・ダイアナは。
ヘッダ　でも、そんな嫌らしいこと、わたしにはなんの関係もない。
ブラック　ええ。しかしあなたもこの質問には答えなくちゃならない、どうしてエイレルト・レェーヴボルグにピストルを渡したのか？　あなたが渡したという事実から、どんな結論が引き出されますかね？

ヘッダ　（うなだれる）そうね。そんなこと考えもしなかった。
ブラック　まあ幸いにして、なんの心配もありません、わたしが黙っているかぎり。
ヘッダ　（彼を見上げ）じゃわたしは、あなたの手のうちに握られている判事さん。これからは、あなたに首根っこを押さえられてるってわけね。
ブラック　（より低くささやく）愛するヘッダ、[101]——信じてください——わたしは自分の立場を悪用するような男じゃない。
ヘッダ　完全にあなたの手のうちにある。あなたの言いなり、思いどおり。自由じゃない。[102]自由じゃないってこと！（激しく立ち上がり）いいえ——そんなこと、考えるだけでも我慢できない！　断じて！
ブラック　（半ばからかうように彼女を見て）人は、どうすることもできないことにはしたがうものです。
ヘッダ　（同じように見返して）ええ、おそらくね。

彼女は書き机の方へ行く。

ヘッダ　（思わずもれた微笑を抑え、テスマンの口調を真似て）どう？　うまく行きそうイェルゲン？　あん？

テスマン　神さまだけがご存じだよ君、とにかく何か月もかかる仕事になるねこれは。

ヘッダ　（前と同様）まあ、どうだい！（エルヴステード夫人の髪を軽く手で撫で）不思議な気がしないテーア？　あなた今、テスマンといっしょに座ってる——前にレェーヴボルグと座ってたのと同じ。

エルヴステード夫人　ああ、ほんとにわたし、ご主人にもインスピレーションを与えられたらいいのに。

ヘッダ　ええ、そうなる——今に。

テスマン　そう、実を言うとヘッダ——なにかそんな気がし始めてる。でも、君は判事さんのところへ戻っててくれ。

ヘッダ　あなたたち二人のために、なにかお手伝いできることはないかしら？

テスマン　ない、なにもない。（顔だけ向け）これからはすみませんが、ヘッダの相手をしてやってくれませんか判事さん！

ブラック　（ヘッダをちらりと見て）無上の喜びとするところ。

ヘッダ　ありがとう。でも今晩はわたし疲れてるから。なかのソファで少し横になります。

テスマン　ああ、それがいい君。あん？

ヘッダは奥部屋へ入り、そのあとからカーテンを閉める。

短い間。突然、彼女が、なかのピアノで荒々しいダンス音楽を弾くのが聞える。

エルヴステード夫人　（椅子からとび上がる）ああ――なんです！

テスマン　（開き口へとんで行き）いやねえヘッダ――今晩ダンス音楽はやめてくれ！　リーナ叔母さんのことを考えて！　それにエイレルトのことも！

ヘッダ　（カーテンの間から頭だけ突き出し）それにユッレ叔母さんのことも。それになにもかも。――今後、わたしは静かになります。

彼女は再びカーテンを閉める。

テスマン　（書き机のところで）彼女、ぼくたちがこの悲しい仕事に没頭しているのを見て、気持ちをそこねてるんですよ。だからねエルヴステードさん――あなたユッレ叔母さんのところへ移りなさい。そしたら毎晩、ぼくが訪ねて行くから、あそこでいっしょに仕事をしましょう。あん？

エルヴステード夫人　ええ、きっとそのほうがよろしいでしょうね――

ヘッダ　（奥部屋で）あなたの話、よく聞こえるテスマン。でもそうしたら、わたしはここで毎晩、なにをして過ごせばいいの？

テスマン　（紙片をめくりながら）ブラック判事さんが、ご親切に相手をしてくださるよ。

ブラック　（肘かけ椅子に座ったまま、陽気に叫ぶ）喜んで奥さん、毎晩かかさず！　ずいぶんと楽しく過ごしましょうわたしたち二人も！

ヘッダ　（はっきりした言い方で）ええ、望みがかないますね判事さん？　あなたは小屋の中のただ一羽の雄鶏――

なかで一発、ピストルの音がする。テスマン、エルヴステード夫人、ブラックはとび上がる。

テスマン　ああ、またピストルで遊んでる。

彼はカーテンを脇へ引いてとんで入る。エルヴステード夫人も同様。ヘッダがソファの上に長々と横たわり、こと切れている。混乱と叫び。ベルテが右手からびっくりして入ってくる。

テスマン　（ブラックへ叫ぶ）撃ち抜いた！　こめかみを撃ち抜いた！　どうだい！

ブラック　（肘かけ椅子の中で、半ば茫然と）しかし、なんてまた――こういうことを、人はしないものだ！

注

私の『ヘッダ・ガブラー』旧訳は、イプセン全集百年記念版（*Henrik Ibsen samlede verker*, Hundreårsutgave, XI, Oslo: Gyldendal Norsk Forlag, 1934）によっていたが、本改訳は、新しいイプセン全集所収の原典によった（*Henrik Ibsens skrifter*, 9 utgitt av Universitetet i Oslo, Oslo: Aschehoug, 2008）。両全集で、書式以外には、基本的な違いはない。

以下の注の多くは、新しいイプセン全集の語釈を参考にしている。

注の末尾にある〔 〕内は、その注のある頁を指す。

＊1〈ヘンリック・イプセン〉Henrik Ibsen　日本では長く「イブセン」と呼ばれていた。正しくは「イプセン」だと正されてからも［しさべのめかり「日本におけるイプセン劇の誤訳を嗤ふ（一）」、『新日本』大正三年八月］、その習慣は昭和前半までつづいたように思われる。本シリーズ『人形の家』の注1参照。〔7〕

＊2〈『ヘッダ・ガブラー』四幕の劇〉*Hedda Gabler* Skuespil i fire akter. イプセンのリアリズム市民劇で、主人公の名前が作品の題名となっているのは、この劇が最初である。だが、ヘッダの名前はヘッダ・テスマン（Hedda Tesman）であるところを、あえて結婚前の名前にしているのは、彼女はテスマンの妻であるよりも、父ガブラー将軍の娘とみるべきだからだとイプセンは述べている（フランス語の

翻訳者モーリッツ・プロゾール伯宛手紙一八九〇年十二月四日付)。

また、副題に「四幕の劇」とあるが、劇 skuespil(現綴 skuespill)は、劇一般を指す言葉であるけれども、劇の分類として使うときは、英語のドラマ(drama)と同じ、喜劇ではない真面目な劇を指す。〔7〕

＊3 〈文化史〉kulturhistorie　当時のノルウェーで唯一の大学、クリスチアニア(現オスロ)大学(一八一一年設立。正式名称は *Det Kongelige Frederiks Universitet* フレデリック王の大学。一九三九年にオスロ大学 Uniersitetet i Oslo に改称された)に、文化史の講義科目はなかった。この名称は、イプセンもおそらく知っていたと思われるドイツの「文化闘争」を念頭にして使われたのではないかとされる。一八七一年のドイツ帝国統一後に、ビスマルクが、諸々の手段でカトリックの影響を減じようとしたことで起こった戦いが、「文化闘争 Kulturkampf」の名称で呼ばれた。〔8〕

＊4 〈奨学研究生〉stipendiat　当時のクリスチアニア大学の規定で、大学当局は、各学部の推薦によって、困窮した学生に奨学金を支給した。選考には、第一に、優れた成績を収めていることが条件となっていたが、一八八八年の規定をみると、大学を卒業しても、まだ大学に残って研究をつづけたいもので、優れた研究能力を示していれば、対象となった。テスマンは、この対象者に当たるとされたのだろう。〔8〕

＊5〈テスマン嬢〉Frøken Tesman　英語なら、MissTesman。Frøkenは、上層あるいはそれに近い階級の未婚女性の敬称に使われた。この意味合いは次第に薄れていき、堅信礼を受けた若い女性もfrøkenと呼ばれる。堅信礼は、十九歳までに受けることになっているが、大方は十四―十六歳で受けた。ユリアーネ・テスマンは未婚のいわゆる老嬢であるから、テスマン嬢FrøkenTesmanと呼ばれるが、中流上層の女性であることも示唆されているだろう。〔8〕

＊6〈判事〉Assessor　最高裁の裁判官の資格、特に数人の裁判官からなる法廷メンバーとなる資格のある裁判官。一九二七年以来、裁判官一般の名称dommerに統一される。〔8〕

＊7〈町の西方〉　ある程度の大きさを持つ町の多くで、西方の地域は高級住宅地となっていた。首都クリスチアニアでは、王宮のすぐ西側に造られたホーマンスビィエンHomansbyenがそのような上層階級の最新の住宅地だった。これは一八五八年に造られて、その建設主であったヤコブとヘンリック・ホーマン兄弟の名前で呼ばれた（Homansホーマンのbyen町）。ここに建てられた個々の住宅は、さまざまの様式で建てられていたが、これは、十九世紀終わり頃の首都の都市様式の大きな変化の一例であり、同時に、階級差の拡大も生じていた。二十世紀の急激な工業化、資本主義化の前触れともいえる。（毛利三彌『イプセンの世紀末』98頁以下を参照。）〔8〕

＊8〈屋敷〉villa　十九世紀後半、villaと呼ばれたのは、中流より上の住まいで、特に都市の喧騒を避け

て郊外に建てられるか、あるいは、都市の中の特別に区分された領域に建てられた一戸建ての住居。後者の例としては、前注（7）のホーマンスビィエンがある。多くのヴィッラには、天井つきの二階のあるヴェランダがついていた。〔8〕

第一幕

＊9〈客間〉selskapsværelse　十八世紀後半の市民家庭の屋敷（villa）では、部屋は実用、私用、社交用に分けられ、部屋のドアは廊下と直結していた。当時の設計では、社交用の部屋は、大きさと場所によって、玄関ホール、食堂、居間、別部屋などと呼ばれた。〔9〕

＊10〈色彩は暗い〉十九世紀ヴィクトリア時代の様式では、室内は、多くの植物や掛物で重厚に装飾され、暗い色合いが多かったようである。〔9〕

＊11〈引き幕〉portièrer　当時の装飾様式では、開き口を前で塞ぐ幕は、両端に開ける引き幕で、重い質感の、多くはウールで、模様が刺繍されていた。〔9〕

＊12〈屋根のあるヴェランダ〉十九世紀の住居構造では、特に木造の建築の場合、母屋の外側に、外の風景を眺めることのできる二階のあるヴェランダがつけられた。それは、室内から外に出ていく通路でもあるが、普通は屋根があり、両側に高い窓がついていて、外を眺められると同時に、風や雨を遮ってい

た。ヴェランダは、夏は涼しい新鮮な外気をもたらし、冬は花々の温室の役割を果たした。〔9〕

＊13〈将軍服を着た姿のいい老人の肖像画〉 これがヘッダの父親だということ、また、なぜヘッダの父親の肖像画が奥部屋の中央に飾られているかということは、劇開始後まもなく理解されてくるが、劇中、だれもこの肖像画に言及しないし、だれかがそれを見る動作の指定もないことを、どう解釈するか。〔9〕

＊14〈帽子とパラソル〉 外出の必需品。当時の帽子のファッションは、山の高いものも低いものもあったが、十八世紀の終わりにつれて、低くなり、縁は固く平たく、前方が広いものになった。花や植物、昆虫やほかの動物のイミテーションで飾られてもいた。当時のパラソルは、広げるとドーム型となり、多くは縁がレースになっていた。パラソルの柄はかなり長く、水晶風か磁器の持ち手が流行した。〔10〕

＊15〈船〉 原語 dampbåden（現綴 dampbåten）は蒸気船。ノルウェーで最初の蒸気船航路が始まったのは一八二六年。ヘッダとテスマンが外国旅行から船で帰国したことは、この劇が、おそらく当時の首都クリスチアニアに設定されていることを示している。〔10〕

＊16〈ガブラー将軍のお嬢さま〉 ノルウェー軍人の名前はしばしばドイツ系だったが、ガブラー Gabler

の名前もドイツ系。実際にこの名前の軍人は知られていないが、下書き稿では、ロェーメル Rømer となっており、これは現在も見られる名前。このテスマン嬢の言葉で、注（13）で述べたように、奥部屋の肖像画がガブラー将軍だと理解される。〔12〕

＊17〈うちの先生〉 原語は kandidaten で、字義は「候補者」。卒業試験を経て大学を卒業した資格を持つ者の俗な呼び方だが、候補とは、博士号取得の候補者ということ。近年の日本の大学では、博士課程の単位取得満期退学という俗流称号が使われるが、それに相応するとみられる。ここでは、せりふとなる適当な日本語がないので、「先生」とした。〔12〕

＊18〈ドクトル〉 doktoren 博士の資格を得るには、卒業試験に優秀な成績を得て、優れた博士論文を書き、それについて講義をし、公開の論文審査に合格しなければならない。テスマンは、前注（17）にあるように、博士資格候補者だったが、外国で博士号を得たとされる。どこの国で得たかは述べられていないが、当時ドイツのいくつかの大学では、金銭を出してこの資格を得ることも可能だったという。〔12〕

＊19〈右手より〉 イプセンの舞台指定は、バロック期にさかのぼる伝統的な指定によっているところがあり、伝統では、右手から登場するのは、劇の中心的な人物たちで、舞台右側に主要な道具が置かれる。左側は、外への出入りとなり、重要でない装置が配置された。しかしこの左右は、舞台から客席にのぞ

んだ左右で、現在もほとんどの戯曲の左右指定はこのルールにしたがっているが、イプセンの指定する方向は逆で、客席から舞台を見た左右である。それでも、左手（舞台からは右手）が積極的な意味をもち、右手（舞台からは左手）は消極的な意味という伝統をある程度守っている。したがって、テスマンは奥部屋の（客席から見て）右手から登場するとなっているが、このあと、ヘッダは同じ奥部屋の左手から出てくる。〔13〕

＊20〈ユッレ叔母さん〉Tante Julle. Julle は Juliane または Julie の親しい呼び名であり、正式な場で使われることはない。〔13〕

＊21〈あん？〉Hvad? なに？ という疑問代名詞だが、言葉の最後に付け加えるのがテスマンの癖。とりあえず、「あん？」とした。ブラックに対するときは、同じ言葉をやや丁寧に「ええ？」とした。〔13〕

＊22〈買い物箱〉æsker（現綴 esker） 字義は「箱」だが、特に折り曲げない高級な品を入れた四角や丸いカードボードの箱を指している。ヘッダが高級な買物を多くしてきたことを示していて、テスマンの資料をつめてきたのが、トランク kuffert（koffert）と言われるのと対照的。〔14〕

＊23〈リボン〉あごのところで結ぶリボン。したがって、厳密には、これは帽子ではなくボンネットと

称すべきかもしれない。しかし両者に、リボンのあるなし以上の違いは少ない。〔15〕

＊24〈研究奨学金〉stipendium　この奨学金は、国内、国外で研究を進めるためのもので、決定するのは大学だが、政府から支給される。テスマンの奨学金もこれに当たると思われる。イプセンは、大学入学に失敗していたが、劇作家、演出家として、何度かこのような奨学金を得ている。〔18〕

＊25〈年金証書〉原語 anvisning på rentepenger の字義は、利息金証書。一定の金額を預けておいて、その利息を定期的に受け取ることの証書。わかりやすく年金証書とした。〔20〕

＊26〈二十九歳〉この劇では、他のイプセン劇に例を見ないが、すべての人物の登場時に、年齢の指定がなされている。テスマン嬢は六十五歳、テスマンは三十三歳であったが、ヘッダはここで二十九歳とされる。このあと、テーアはヘッダより二、三歳下、判事ブラックは四十五歳、レェーヴボルグはテスマンと同年というト書きがつけられている。だが劇中で、これらの年齢が具体的に問題にされることも、また他から言及されたり示唆されたりすることもない。したがって、これらの年齢は、読者にしか了解されず、観客は知るすべがない。ではなぜこのように正確な年齢が指定されているのか。その理由は明白ではないが、ヘッダが二十九歳という微妙な年齢であることは、彼女が、まわりから奇異に思われるテスマンとの結婚を承諾したことの理由の一つと見ることもできる。彼女が未婚のまま三十歳になることを嫌ったということである。三十歳になることを気にする例は、イプセンの他の劇『ロスメルスホル

ム』（一八八六）のレベッカにも見られる。そうであれば、ヘッダがいま、なんとなく微妙な年齢であることを観客に感じさせる必要はあるだろう。〔22〕

＊27〈青味のあるグレイの眼〉 実際には、ヘッダ役の女優に、このような表現を求めることは困難だろう。指定どおりの眼の色をもつ女優がいたとしても、大方の観客には、客席からそれを認めることは不可能ではなかろうか。このような、上演の限界を超えるような要請は、前注（26）にもあるように、この劇では特に多い。〔22〕

＊28〈ゆったりしたモーニングガウン〉 通常の女性の服装では、ぴったりしたブラウスか、上部が上着風のシャツを着たが、一八七〇年代に、コルセットをしめずに、ゆったりした服装が見られるようになり、八〇年代には、それが多くなったという。〔22〕

＊29〈テスマンさま〉 原語は frøken Tesman（テスマン嬢）注（5）参照。テスマンの叔母が、ヘッダを親しい呼び方のファーストネームで話しかけたのに対し、ヘッダは、距離を置いた呼び方で応えたということ。それで、次のテスマン嬢のト書きに、「まごついて」とある。〔23〕

＊30〈石っころみたいにぐっすりだった〉 ヘッダが妊娠していることの徴候だが、テスマンはもちろん気づいていない。〔23〕

＊31〈テスマン〉 原典はKære（現綴Kjære）Tesmanで、英語のDear Tesmanに当たる。だが、ヘッダが夫を姓で呼んでいることが、通常の夫婦の場合とは違っている。つまり、彼と距離を置いていることを示している。〔23〕

＊32〈朝履き〉 朝の化粧室で、支度をするときに履くスリッパ。〔24〕

＊33〈ふっくらとしてきた〉 これも妊娠の徴候だが、テスマンはそれに気づかず、ヘッダの体形の変化を言いつづけるので、ヘッダは苛らだつわけである。このことから、テスマン嬢は、ヘッダの妊娠に気づき、彼女を祝福するが、それもヘッダを苛らだたせる。〔26〕

＊34〈今はもう——九月〉 ヘッダは黄色くなった木の葉を眺めて、テスマンがもう九月と言ったことに、また落ち着きをなくす。字義通りの訳は、「いま私たちはもう九月の中にいる（nu er vi allerede i——i September）」で、大方の批評家は、ヘッダが自らの妊娠の進み具合のことを思って落ち着きをなくしたとするが、この言葉は、注（26）で触れたヘッダが二十九歳であることを暗示していると見ることもできるだろう。イプセンの覚書メモには、避暑地の様子とは違って、ここでは「すでに夏が過ぎている」のを見て驚くとある。〔28〕

＊35 〈ユッレ叔母さんと呼んでくれないかな〉 原典では、叔母を丁寧な二人称代名詞のDeではなく、親しいduといってくれないか、と頼んでいる。だが、叔母に対するせりふとして、「君ぼく」の仲と言いにくいので、愛称のユッレ叔母さんと呼んでほしいと訳した。ヘッダがそれを拒否したのは、テスマン家に属さないことの意思表明だが、「叔母さま」が譲歩の限界だという言い方にした。〔29〕

＊36 〈村長〉 foged（またはfogd） 地方行政機構の長で、行政官であるとともに、司法官でもある。行政の面では、重要な任務として一八九四年までは収税があった。『ヘッダ・ガブラー』は一八九〇年の作品だから、エルヴステード村長は、税金集めも務めとされている。司法官としては逮捕、禁令、処置の権限をもつ警察署長の役割を担っていた。一八六六年にノルウェーは五十五のfogdの管轄区域に分れていたというから、あるいは郡長とでも称すべきかもしれないが、日本の江戸時代の代官のようなものとみることができようか。〔30〕

＊37 このエルヴステード夫人の人物描写は、先にヘッダ登場のときのヘッダの人物描写に対応する。この劇は、一般に人物の容姿のト書きが詳しくなっているが、ヘッダが自分と対照的な容姿のエルヴステード夫人をよく思わないことは、随所に示唆される。その中心に、エルヴステード夫人の髪の毛の豊かさがあることは、すでに口にされていたし、このあとも、あからさまに示される。〔32〕

＊38 〈最新のモードではない〉 おそらく一八八〇年前後か、少しあとの流行のもので、上下別々であり、

スカートは一八九〇年前後のモードより単純で、重くなく、前面がフラットになっているもの。上着を着るのが通常だった。〔32〕

＊39〈家庭教師〉lærer　原語の字義は「教師」。一八六〇年の学校法によって、それまで行われていた移動学校（一定時期に一定の場所で開かれる学校。これによって、十九世紀初めのノルウェー国民の識字率は他のヨーロッパ諸国に比して、格段に高くなっていた）は、常設の学校になったが、一八八九年には、七年制の国民学校法ができて、すべての階層の七歳から十四歳までの児童の行く公立学校となった。だが一八九〇年ころまでは、一部の村落区域では、まだ移動学校が存在しており、裕福な家族では、そこに児童を通わせることを嫌って、代わりに家庭教師を雇った。女性の場合もあり、住み込みの家庭教師となることもあった。エルヴステード夫人は、この住み込みの家庭教師として雇われたということだろう。〔34〕

＊40〈一石二鳥〉　原典 slog vi to fluer med et smæk（slå to fluer i en/ett smekk）は、「一打ちで二匹のハエを叩く」の意。〔38〕

＊41〈執事〉husbestyrerinde　原語は「女性執事」（現綴 husbestyrerinne）。家政を担う責任者である女性。しばしば女主人が病気か死去しているときに雇用される。〔40〕

＊42〈籍を入れた〉blev gift（現綴 ble gift）「結婚した」の受動態。能動態（hun giftet seg）だと、より積極的な表現になるが、受動態は、受動的な行為のニュアンスを含むので、「籍を入れた」とした。〔41〕

＊43〈テスマン？〉 ヘッダは、互いをファーストネームで呼び合うことにしようといい、「あなた」というときは、フォーマルなDeではなく親しいduを使おうと決めたのだが、ここで、エルヴステード夫人がヘッダをDeで呼んだので、ヘッダはそれを咎めたのである。注（35）と同様、ここでも、エルヴステード夫人が「ヘッダ」でなく「テスマン夫人」と言ったのを咎めたということにした。〔41〕

＊44〈村長として、村をまわらなくちゃ〉注（36）参照。これは収税のための村まわりであろうか。〔42〕

＊45〈列車に乗って、まっすぐこの町へ〉「この町」は、首都（現オスロ、当時はクリスチアニア）だと思われるが、ここにくるのは、列車の場合と蒸気船の場合がある。地理的に、列車の場合は北あるいは西の内陸からであり、蒸気船の場合は南からとなる。〔44〕

＊46〈同志〉kammerater 同じ仕事や関心事を共有し、性的な関係にない男女の仲を指している。〔46〕

＊47〈普通、人はそんなことしない〉 このあと、この女性はヘッダ自身のことで、彼女は相手を撃たな

かったことがわかるが、この劇の最後に、ヘッダが彼女自身を撃ったとき、判事ブラックは、この場のヘッダのセリフとほとんど同じ言葉を吐く。ここのセリフは一種の伏線の役割を担っている。〔47〕

＊48〈赤毛〉赤色は、一般に血と命につながる暖かい色だが、火ともつながり、攻撃性、精力性、力を表わす。生死を掛けた愛情を意味することもある。伝統的なキリスト教芸術では、罪ある女性は赤い衣をまとっている。黙示録では、売春婦のバイロンはすべての悪徳の根源で、七つの頭と十の角をもつ緋色の獣を乗り回した。それで赤色はまた、悪魔的、地獄的な色ともされる。ノルウェーの画家ムンクの一連の性愛的な女性を描く絵では、女性は赤毛になっている。〔47〕

＊49〈ポストに入れてきてちょうだい〉通常は、一定の距離内であれば、手紙は家の手伝いが直接に相手まで運ぶか、町の運び屋に頼む。だが当時は多くの町で、私立の郵便組織があって、独自の郵便ポストと切手を有していた。首都や近くの都市ドランメンなどでは、一日に三回の配達があった。〔49〕

＊50〈短く丁寧に刈り込んだ髪〉一八八〇―九〇年代の男性の髪型は、短く刈り込むのがモード。特に九〇年前後やそのあとは、短い髪ともみあげが流行りだった。髪を長くするのは、詩人か音楽家で、過去の大作家、大音楽家の真似とみられたという。〔49〕

＊51〈散歩用の服装〉一八九〇年ころの紳士は、一日に状況に応じて数回服装を変えた。午前の服装は、

縞模様のパンツに、シングルの体にぴったりした上衣で、腰から後に向って開いていた。第二章でテスマンが外から戻ったときも、「散歩用の服装」とされているが、このときは午後であり、一般的な服装としていわゆるチェスターフィールドのオーバーコートで、膝まで長く、前は隠しボタンで首のところが開き、後ろに覆いなしのポケットがあるものと考えられる。〔49〕

＊52〈鼻眼鏡〉lorgnet　枠付きの二つのレンズと鼻の上に載せるはさみ台の眼鏡で、耳にかける柄がない。リボンか紐で首から下げるので、ときどき「落とす」ことになる。〔49〕

＊53〈帽子を手に持って〉　帽子を被って訪問するときは、部屋に入ったら帽子をとるのが礼儀。外で人に挨拶するときも同じ。一八九〇年頃は、身なりの整った紳士は、帽子を被らずに外出することはなかった。その頃の帽子は、高さ十六センチくらいの山があって、縁が上に折れ曲がっているシルクハットが流行だった。〔49〕

＊54〈そんじょそこいらの住まい〉　原語の字義は、「プチブル的環境（småborgerlige omgivelser）」。上層階級の軍人の娘であるヘッダに対し、テスマンは両親がなく、財産のない叔母に育てられたから、もともとヘッダはテスマンより社会的に上の階層。基本的に貴族のいないノルウェーでは、上流階層の定義はあいまいだが、上層とされる官僚層は、この頃は金銭的に困っていても、まだ社会的には高く見られていた。プチブル階級とは、小さな会社や商店の経営者、あるいは手工業者などを指していたらしい。

〔51〕

＊55〈独身パーティ〉ungkarlsgilde　字義は、若い男のパーティ。食事と飲み物がでる集まりだが、妻帯者のフォーマルなパーティより、乱れたものであることを示唆している。〔54〕

＊56〈公開討論〉konkurrence　ヨーロッパの大学の多くが、近年まで、新たな教授を任命するときは、二人の候補者をあげて、互いに公開の討論を行わせ、その結果を考慮して教授指名をするのが慣例だった。したがって同一学科（同一研究分野）で教授は一人と決められていた。戦後、ヨーロッパでもアメリカの制度の影響を受けて、次第に、公開討論ではなく、個人的な教授資格の審査を通れば、教授になるという制度に変わっていくが、日本でも戦後の新制大学では同様の場合が多い。〔55〕

＊57〈座ったまま手を出して〉当時の礼儀では、女主人が客に別れを言うときに、客をドアまで送るのが風習だった。立ち上がらないのは異例のこと。ヘッダの態度は、間接的にブラックとかなり親密な仲であることを示す。〔56〕

＊58〈従僕〉livrétjeneren.　livré は「仕着せ」、tjeneren は「召使」の意。したがって仕着せを着た下僕のことだが、ヨーロッパの貴族や上層階級では、そのような下僕を抱えていた。〔57〕

＊59〈ピストル〉revolverpistol　新しくは revolver（拳銃）といい、単発式から回転式の連発となった。だが、ヘッダの持つピストルが連発であることを示すところはない。このあと、もう片方がピストルケースにあるというのは、これが二丁の決闘用ピストルであることを示唆する。決闘は、十九世紀を通じて、軍人仲間の間では行われていたという。〔59〕

＊60〈男性パーティ用の服装に着替えており〉おそらく、膝までのオーバーに似たコートを着て、絹製のヴェストを着けている。コートは、長く垂れて膝のところで切れている。ショール風カラーを着け、ボタンは一つか二つ。横にポケットがあるが、常に前のボタンははずされている。〔60〕

＊61〈お昼〉middagen. middag（語尾の en は定冠詞）は正午の意だが、昼食の意味に使うから、われわれの言う「お昼」と同じ。二十世紀半ばすぎまでは、ヨーロッパの多くの国で、お昼に、一日の主要な温かい食事（ディナー）をとるのが風習だった。〔61〕

＊62〈でれでれした〉klissede（現綴 klissete）　原語は「ねばねばした」の意味で、比喩的に、感傷的、べたべたした、の意味になるが、ブラックの言った「愛する elsker」という言葉を、このように侮蔑的な表現とするのは、ヨーロッパの伝統を否定するに等しい。それでブラックはびっくりする。〔64〕

＊63〈いわば三角関係〉et sådant trekantet forhold　三角関係（trekant）は、通常は夫と妻と愛人の性的な関係を指すが、ブラックはあえて性的な意味合いを消しているとみせて、底にはその意味をにじませている。〔66〕

＊64〈列車の客室にたった二人で座っている〉かつてのヨーロッパの列車には、数人の座る客室（コンパートメント）のそれぞれが独立していて、独自に駅のプラットホームに降りる出入口のあるものがあった。ここでは、そのような客室のことを指していると思われる。〔67〕

＊65〈足元から見上げてる〉当時の女性のモードでは、スカートは床まで届く長さだったが、自分の足を見せること、しばしば靴を見せることさえ、恥ずかしい行為とされていた。〔67〕

＊66〈未製本の書籍〉二十世紀の半ばあたりまで、一部のヨーロッパで出版される書籍は、印刷された紙をそのまま閉じて未製本のまま売られていた。所有者あるいは図書館などが長く保存しようとするときに製本した。したがって、読者は、印刷されている各頁の端が切られていないのを、切りながら読んでいく。〔68〕

＊67〈頁を切るのが楽しみ〉前注（66）を参照。〔69〕

＊68〈パーティの帰りはテスマンに家まで送らせていた〉良家の子女は、夕方以降に一人で道を歩くことはなく、必要なときは、家の玄関まで男性に送ってもらうのが通例だった。〔72〕

＊69〈別の道を歩いてた〉別の女性に関心を持っていたことの皮肉。〔72〕

＊70〈寝床を敷きゃあ、寝にゃならん――と言うでしょう〉訳は原典（som man reder så ligger）の字義どおり。「うっかり拙いことをしてしまうと、それなりの拙い結果を引き受けることになる」という諺だが、ここに「――と言うでしょう（havde jeg nær sagt 字義は、ほとんどそう言った）」が加わることで、この諺の文字どおりのことを示唆しているとみられる。いささか際どい会話を交わしているということ。〔73〕

＊71〈彼はまず相当に金持ちでなくちゃならない〉これは、当時のノルウェーの政治状況には合致しない。一八八四年に最初の議会制内閣となり、左派の首相ヨーハン・スヴェルドループ（Johan Sverdrup）が選ばれたが、彼は最初の職業的政治家で、経済的な基盤がなく、絶えず苦労していたという。外国で生活しているイプセンは、新聞を読むことで故国の状況に精通していたと言われるが、あえてこのように言わせたのであろうか。〔74〕

＊72〈せいぜい一年もすれば〉もちろん、妊娠のことを意味している。〔75〕

＊73〈パンチ〉punsch　もとはアジアの飲み物で、インドからイギリス人によって十八世紀の終わりにかけてヨーロッパにもたらされたという。もとは、五つの構成要素を含み（インド語の名称 pantcha は、五の意味）、温かい茶にシトロンジュース、砂糖、シナモン、アラック（近東のヤシの汁、糖蜜で作るラムのような酒）からなる。ヨーロッパでポピュラーになっていき、次第に茶が含まれなくなって、代わりにラム酒が主要な成分となった。十九世紀の間に、さまざまの社交的な集まりに出されるようになり、特に学生の集まりでは欠かせないものだったらしい。〔84〕

＊74〈オルトレル山脈〉Ortlergruppen　現在の北イタリアに位置する南チロル、トレンチノ、ソンドリオ地域の境界となるオルトレス・アルプス。西部アルプスでは二番目に高い山脈で、もっとも高い頂は三九〇五メートルとされる。〔86〕

＊75〈メラン〉Meran　南チロルの町メラーノ Merano。当時はオーストリアに属したが、現在はイタリア地方ボルザノ Bolzano にある。温和な気候のため、かつては学者、作家、芸術家の人気の静養地だった。イプセンも何度かこの地を訪れている。〔86〕

＊76〈ヘッダ・ガブラー〉劇中でこの呼び方がされるのは、ここが最初で、レェーヴボルグがヘッダを結婚前の名前で呼ぶことは、彼女の結婚を認めていないことを示唆している。〔86〕

＊77〈アムペッツォ渓谷〉Ampezzodalen　アンペッツォは北イタリアの町。第一次世界大戦まではオーストリアに属し、南チロルのボルザノに含まれていた。〔87〕

＊78〈ドロミテ連山〉dolomiterne　南チロル、イタリアのトレンチノとベルノ地方に位置するアルプスの大きな連山。第一次世界大戦まではオーストリアの一部だった。〔87〕

＊79〈君呼ばわり〉注（35）を参照。ここでは、レェーヴボルグはヘッダにdu（君）で呼びかけている。ヘッダがその呼び方を禁じたあとは、彼女をDe（あなた）と呼ぶが、ヘッダのほうはレェーヴボルグを一貫してDeで呼んでいる。しかし、レェーヴボルグはこのあとも「ヘッダ」と呼び捨てで言うことはつづけ、ヘッダはそれを許している。だが彼女は、彼をファーストネームではなく、「レェーヴボルグさん（herr Levborg=Mr. Lvborg）」と呼ぶ。〔88〕

＊80〈ブレンネル峠の下にある村〉ブレンネル峠は、アルプスのもっとも低い峠で、イタリアと北ヨーロッパの重要な交通路の一つ。峠の道は一七七二年に開かれ、一八六七年に鉄道が敷かれた。この劇が書かれた一八九〇年にはオーストリアに属していたが、第一次世界大戦のあとチロルが分割され、ブレンネル峠はオーストリアとイタリアの国境となった。その下にある村というのは、おそらくゴッセンザスで、ここにイプセンは一八八六―八九年の間の数年、夏の休暇を過ごした。八九年に、ここでエミー

リエ・バルダッハに出会ったが、二人の関係が特別なものだったかどうか、その後さまざまに詮索される。〔解説参照〕〔89〕

＊81〈力〉magt〔現綴 makt〕　すでにテーアが、レェーヴボルグに対してある種の力を発揮したことを話していたが〔四五頁〕、ここの「力」も、それと同じ言葉で、人におよぼす力のことを指している。この言葉は劇中、何度か口にされるが、その具体的なあらわれを主要なテーマとするのは、次作の『棟梁ソルネス』〔一八九二〕である。〔91〕

＊82〈エイレルト・レェーヴボルグ〉　ヘッダが彼を敬称をつけずに呼ぶのは、ここが初めて。しかし、テーアもヘッダも、彼をレェーヴボルグと呼んで、エイレルトと呼ぶことはない。〔92〕

＊83〈わたしのいちばんのどうしようもない臆病〉　ヘッダがなにを指してこう言っているか、レェーヴボルグがどう理解したか、すぐあとにヘッダがそれを信じるなと言う意味など、必ずしも自明ではないかもしれない。読者、観客の解釈に委ねるところが、この劇には随所に見られる。〔93〕

＊84〈ねえ、あなた〉　原語は Kæreste ven〔英訳 Dearest friend〕。親密な言い方で、ここではテーアはレェーヴボルグを De ではなく、du と呼ぶ。〔99〕

＊85〈頭を葡萄の葉で飾って〉 原典 vinløv i håret の字義は、「頭髪につけた葡萄葉」。古代ギリシアの神ディオニュソスを指しているとみられる。ディオニュソスは、酒と命の神とされ、狂乱を伴う儀式は、女性が中心的に行う。イプセンの『ペール・ギュント』（一八六七）と『皇帝とガリラヤ人』（一八七三）にも、この言葉が出てくる。〔104〕

第三幕

＊86〈寒くて凍えそう〉 先にエルヴステード夫人は、暖炉を焚かなくても寒くないと言っていたことと対比的。〔111〕

＊87〈バッカス顔負けの乱痴気騒ぎ〉 原語 bakkanal は、バッカス祭り。信者たちの酒の入ったお祭り騒ぎを指す。バッカスはディオニュソスのローマ名。注（85）参照。〔114〕

＊88〈ミス・ダイアナのサロン〉 frøken Dianas saloner. frøken〔注（5）参照〕と Diana（ディアナ）を一般に使われている英語名にして、ミス・ダイアナとした。ギリシア神話の Artemis（アルテミス）――月の女神で狩りの神でもある――がローマ神話では Diana と呼ばれる。北欧あるいは北ヨーロッパでは滅多にない名前だが、オウィディウスの『変身物語』をイプセンは大学資格試験のために読んでいた可能性があるから、そこにある Diana の話を知っていたと思われる。彼女を赤毛としていることについては、注（48）参照。サロン saloner は、華美な私宅の客間をそう呼んだ。〔123〕

＊89〈名うての狩人〉　前注（88）参照。〔123〕

＊90〈ニワトリの喧嘩〉hanekamp　鶏闘は一般人の楽しみとして知られていたが、ここでは女性をめぐる青年男子の争いを意味している。〔124〕

＊91〈わたしの首根っこを押さえて〉　原語は har hals og hånd over mig（字義、わたしの喉と手を押さえている）。手の内に運命を握っている、の意。〔126〕

第四幕

＊92〈ピアノの音〉　第一幕では、舞台上にあったピアノは、新しいのを買ったら奥に入れると言われていたが、新ピアノがないまま、第一幕のピアノは第二幕以降、消えていた。ここでヘッダの弾く音を聞かせることは、ピアノが奥に移されていることを知らせる。それは、この劇におけるピアノの劇的意義が明らかになる第四幕最終場面のピアノ演奏の、一種の伏線となっていると考えられる。〔139〕

＊93〈ごらんのように〉　ヘッダは、自分の黒い服装を見せて、すでに逝去を知っていたことを示している。〔140〕

＊94〈命にあふれたこの家〉　ヘッダが妊娠していることから、こう言っている。〔140〕

＊95〈イェルゲンと呼びだした〉　これまで、ヘッダはテスマンに対しても、名のイェルゲンでなく、姓のテスマンと呼んでいた。注（35）に記したように、相手をDeでなくduと呼ぶ関係のときは、姓でなく名で呼ぶのが普通だが、ヘッダは一貫してduと言いながらも、名前はテスマンと呼んできた。ここでイェルゲンと呼ぶのは、もちろん下心あってのことだが、しかし、実際には、すでに一度だけ、第一幕の最後のところで、唯一の慰めがあるとして、「わたしのピストル――イェルゲン（Mine pistoler,--Jørgen）」と言っていた（五八頁）。このことを無視しているのは、イプセンの失念か（そのような例は、他のイプセンのリアリズム劇にも見られる）、あるいは、特別な理由があったのか。ともあれ、ここでは、明白な意図のもとにイェルゲンと呼んでいることは明らか。〔147〕

＊96〈焼き焦がれてる〉brænder（現綴 brenner）　このいささか大げさな表現は、直前の、原稿を「焼く（brænde）」という言葉を反復しているのであり、その滑稽さが強調されている。〔147〕

＊97〈自由解放〉befrielse「自由になること」つまり「解放」の意の一語だが、ヘッダのもっとも望んでいる〈自由〉を指す語が、あとに使われるので、そのことへのつながりを出すために、あえて二語に訳した。〔156〕

＊98〈化粧部屋〉boudoir　化粧部屋と訳したが、正確には、婦人の私室、閨房を言う。春を売る部屋を指すこともある。ヘッダが激しく反応する理由でもあるだろう。〔158〕

＊99〈あるもの〉en genstand（現綴 gjenstand）「ある対象」とは、直前にブラックが話していたピストルのもう一方のことだろう。ブラックがピストルのことを持ち出したので、ヘッダはそれを隠そうとするのだが、ト書きにも、それを「あるもの」として、ピストルであることを書かないのは、観客に対してと同じ効果を読者にも及ぼしたいということだろうか。また、このときにピストルを奥部屋に運ぶことで、最後に、奥部屋でそれを使うことが可能になる。〔160〕

＊100〈人はだれでもそう言う。しかしやりはしない。〉Sligt noget *siger* man. Men man *gør* det ikke.「言うは易し、行うは難し。」言う siger（現綴 sier）と行う gør（現綴 gjør）がイタリックになっていることで、この意味を強調。このすぐあとにヘッダの自死を見て驚くブラックの最後のセリフへの伏線だが、注（47）に記したように、第一幕ですでに遠い伏線を張っていた。イプセンはこの劇だけでなく、他の作品でも、この言葉を好んで使う（たとえば、『ペール・ギュント』、『人形の家』）。〔163〕

＊101〈愛するヘッダ〉Kæreste Hedda　英語で言うなら、Dearest Hedda。ブラックは少し前から、もはや「ヘッダさん」ではなく、ヘッダと親密な呼び方を始めていたが、ここにきて、彼女が自分の手のうちにあることを強調するため、その極に達した呼び方をする。〔164〕

＊102〈自由じゃない〉ufri「自由じゃない」としたが、原語は一語。u- はあとの意味を否定形にする接頭語。したがって、この語は「束縛」と訳すほうが適当だが、注（97）の言葉に対応させるために、あえて「自由じゃない」とした。〔164〕

『ヘッダ・ガブラー』（*Hedda Gabler*）解説

毛利三彌

今回、旧訳を大幅に訳し直して、改めてこの作品のせりふ運びの見事さに感嘆した。長せりふはなく、ほとんどが短く言い合っていて、文の完結しない数語だけのやりとりも少なくない。そして何の変哲もない日常的な会話のようで、説明的なせりふ、不必要なせりふがまったく見られない。抜き差しならない的確な言葉の裏には、表現内容の厚さ、深さ、そして諧謔が潜んでいて、感傷と無縁。『人形の家』に始まるイプセン独自のリアリズム劇手法の極致に達した観がある。同時に、それは俳優の演じるものである劇の限界に近づいてもいる。これは小説にこそ相応しいという評は当初からあった。このあとイプセンは、二十七年におよぶ外国生活に終止符をうって故国ノルウェーに戻り、晩年の劇作風は大きく変わる。

『ヘッダ・ガブラー』は、一八九〇年十二月十六日、デンマークの首都コペンハーゲンとノルウェーの首都クリスチアニア（現オスロ）で出版された。同じ出版社である。初版一万部で、すぐさま英、独、仏語に翻訳され、世界初演は、翌九一年一月三十一日、ドイツの都市ミュンヘンのレジデンツテアター（Residenztheater）で行われた。当時この町に住んでいたイプセンも初日の上演に臨席した。

だがこの劇は、世間を困惑させる。イプセンを有名にしていた思想性や社会問題性が、ここにはまったく見られない。この劇はいったい何を言いたいのか。それが理解できないだけでなく、とても現実的とは思われない悪意と破壊的な行動を見せる主人公のヘッダに、嫌悪を感じるほかないと言うものも少なくなかった。ノルウェーのある新聞の批評では、「ヘッダ・ガブラーは不快な空想の産物以外の何ものでもない。作者によって創られた女性の姿をした化けものであり、現実の世界にはまったく見いだせないような人物だ」[注1]と断じている。総じて、男性批評家は否定的であり、女性は肯定的な傾向があったというが、ミュンヘンの上演も、とても成功と言えるものではなく、翌月のコペンハーゲン王立劇場の上演では、客は笑って野次を飛ばし口笛を鳴らしたらしい。

しかしながら、世紀の変わり目には、ヘッダのような女性は、ヨーロッパ社会の世紀末的風潮の中で決して見られないわけではないことが理解されてくる。そして、イプセンの死（一九〇六年）の後に公にされた彼の書簡で、『ヘッダ・ガブラー』執筆の前年一八八九年の夏に避暑地チロルのゴッセンザスで出会ったウイーンの若い女性エミーリエ・バルダッハ（Emilie Bardach）との関係が明らかになると、イプセンの描いた特異な女性ヘッダのモデル探しが盛んになる。当時十八歳とされたエミーリエに送ったイプセンの手紙には、恋文と言ってもいいものがあり、彼女に贈ったイプセンの写真の裏には、「人生の秋に出会った青春の太陽へ―チロルにて」と書かれていて、謹厳そのもののような顔をした老大家の内に秘められた情熱（と思われるもの）が世間を驚かせた。彼女はむしろ、ヘッダより次作『棟梁ソルネス』（一八九二）の小悪魔的な少女ヒルデに反映されていると思われたが、ヒルデには別のモデルが有力になってくると、人生の目的を見いだせないヘッダは、無為の生活を送るしかない社交界の少女エミーリエを写しているという説が有力になる。ほかにも、『ヘッダ・ガブラー』の二年前に書かれている隣国の若い作家ストリンドベリの『令嬢ジュリー』の影響とか、ニーチェ、リルケ、フロイドと交友し、「イプセンの女性像」というエッセイも書いているルー・ザロメ（Lou Andreas-Salomé）などもヘッダのモデル候補にされた。イプセン新全集の解説によると、モデル探しは近年までもつづいて、スウェーデンの女性作家ヴィクトリア・ベネディクトソン（Victoria Benedictsson）をあげる説も出てきたという。実は、最近、エミーリエの実際の年齢は二十七歳だったと判明したというから、エミーリエ＝ヘッダ説が、改めて復活するかもしれない。

その後の『ヘッダ・ガブラー』論には、二つの方向が見られた。一つはヘッダの人物分析に集中するもので、彼女を悪女視することに変わりはないながら、その人物像に抗いがたい魅力を感じるところからくる。確かに、愛するなどという「でれでれした」言葉を軽蔑し、どうして幸せでなくちゃならないのかと反問するヘッダに、凡庸なわれわれは圧倒される。自由を求めるヘッダの最後の死に、悲劇的崇高さを感じると言うものも少なくない。ヘッダの死は敗北ではなく、死によって、男たちには不可能な自己解放を成し遂げた勝利だというのである。確かにイプセンは執筆メモに、ヘッダの心の底には詩的力が秘められていると書いているし、彼女の死は、彼女の首根っこを押さえたと思ったブラック判事に一泡吹かせたものだろう。ブラックは茫然となり、「こういうことを、人はしないものだ」とつぶやくほかない。

だが考えてみると、ブラック判事はヘッダを逃して惜しがりはしても、それで何か損失を被るわけではまったくない。実のところ、ヘッダはひとの運命を左右したいと願っていたが、誰一人、何ひとつ、破壊も支配もすることがなかった。彼女が〈焼き殺した〉と思っているレェーヴボルグとテーアの子供（原稿）でさえも、テーアとテスマンの子として、間違いなく再生されるだろう。ヘッダが唯一破壊できたのは、ガブラー将軍の娘という過去を背負った自分自身と、未来を担うはずの自らの胎内の子だけである。ヘッダの言動は、徹頭徹尾、独りよがりの空回りだった。これは悲劇ではなく悲喜劇ではないかという見方さえ出される。

『ヘッダ・ガブラー』論のもう一つの方向は、ヘッダの〈異常性格〉を神話性から説明しようとするものである。これは、一九六〇年代に始まる世界的なリアリズム批判の風潮が背景にあると言っていいが、リアリズム劇『ヘッダ・ガブラー』に新たな意味を見出そうとするものだった。この劇の神話性を支える最たるシンボルは、ヘッダがレェーヴボルグに求める葡萄の葉冠だろう。言うまでもなく、これはギリシア神話のディオニュソスを象徴するが、エウリピデスの『バッカイ（バッコスの信女たち）』で、ディオニュソス神は自らにしたがわないテーバイ王ペンテウスを、彼の母の手によって死に至らしめる。おそらくイプセンは読んでいないと思われるが、当時評判になりつつあったニーチェのギリシア悲劇論『悲劇の誕生』で、ディオニュソスがアポロンの合理性に対する非合理、混沌を具現する神とされていることの知識はあったと思われる。レェーヴボルグはまさしくアポロン的な（？）テスマンに対照的なディオニュソス的な男であり、そういう彼をこそ、ヘッダは支配しようとする。それがかなわなかったとき、自らの陥った束縛から脱出せんと奥部屋に入って死を選ぶヘッダは、いわば「コロノスの森に身を隠すオイディプスのそれにも似た神秘的で深遠な神性へと昇華[注2]」すると論じる批評家もいる。だがここまでくると、いささか知的遊戯に堕しているという思いを否定できないだろう。皮肉なことに、酒の神でもあるディオニュソス神たるレェーヴボルグは、まさに〈バッカナール（注87）〉さながらといわれるパーティで酒に溺れ、ダイアナ（ディアナ Diana）という名の赤毛の女のために破滅させられる。ディアナのギリシア名はアルテミスで、判事ブラックの示唆するように狩りの女神だが、エウリピデスの『ヒッポリュトス』では、エロスの女神アプロディテー（ローマ名ヴィーナス）に対抗する反エロスの女神として、女嫌いのヒッポリュトスの保護神となっている。イプセンは明らかに、神話との整合性を意図していない。もしイプセンが神話性を意識していたとするなら、それは神話のパロディだったと言うべきではないか。

実は、ヘッダは十一年前に書かれた『人形の家』のノーラのパロディだという見方は当初からあった。男に閉じ込められた鳥かごを破って、夫も子供もおいて敢然と家を出るノーラと対照的に、男の支配する鶏小屋から逃れられずに自死するヘッダ。だが両作品をよく見てみると、ある奇妙なことに気づく。批評家のだれも指摘していなかったが、[注3] 両作品の登場人物が、互いに完全に対応しているのである。それは、登場人物表を並べてみれば一目瞭然だろう。

『人形の家』	『ヘッダ・ガブラー』
ノーラ	ヘッダ
夫ヘルメル	夫テスマン
学校友達リンデ夫人	同じくエルヴステード夫人
一家の友人ドクトル・ランク	同じく判事ブラック
ノーラの母親代わりの乳母	テスマンの母親代わりの叔母
女中	女中
（ノーラの幼い子供	ヘッダの胎内の子）

しかも、それぞれの劇での人物関係は、まったく裏返しになっている。ノーラは夫を崇拝していたが裏切られる。ヘッダは夫を軽蔑していたが最後に無視される。リンデ夫人はノーラよりいくつか年上で彼女を助けようとし、エルヴステード夫人はヘッダの二、三歳下で、彼女によって奈落に落とされる。ランクはひそかにノーラを恋し、打ち明けたあとに死に至るが、ブラックはあからさまにヘッダを籠絡しようとし、成功したかと思ったとき、彼女を死に至らしめる。

このパロディ的対応関係の正確さには、作者の明確な意図を感じさせるものがあるだろう。だが、それを証する客観的な資料はなにもない。それに、だれも気づかないパロディは、パロディとして成立しない。おそらく、十九世紀末ヨーロッパ社会の女性を取り巻く環境に目を向けたとき（そこでは、ウイーンの女性エミーリエとの交わりも、なにほどか意味をもったかもしれない）、必然的に、あるいは意識しないままに、この劇の人物設定が『人形の家』に似通ったというのが正しいのではないだろうか。しかしながら、まさしくこの〈パロディ〉関係に、『ヘッダ・ガブラー』の核心が潜んでいると私には思われる。

『人形の家』のノーラは、金銭を支えとする男性中心の社会の中で、それを是とし、自分もそれに浸っていることで満足していた。彼女自身、男になったつもりで借りた金を返すべく苦労していたが、その欺瞞性に気づくや、敢然と壁を破って出ていく。だがヘッダは、初めからいわば目覚めている〈新しい女〉である。しかしそれゆえにと言ってもよいかもしれない、小市民的だが心優しいテスマン嬢を見下し、男の仕事に奉仕することに生きがいを感じるエルヴステード夫人を馬鹿にしている。ヘッダは、愛しているかどうかを問題にしていたノーラとは違って、夫の愛など軽蔑するだけである。ところが、彼女が自らの意のままになると思っていた男たち三人はだれもかれも、究極的には、ヘッダに、男の愛玩物として以上の存在価値を認めていない。レェーヴボルグでさえ、結局のところ、ヘッダの望みを無視する。『人形の家』でも、ノーラの夫ヘルメルは彼女を所有物視していたが、最後にはそれを改めると言う。ランクやクログスタは、少なくとも彼女を愛玩物とみなすことはなかった。ノーラは金銭中心で成り立つ男性社会の法に疑問を抱くが、ヘッダは、その法の中でも、自分の支配力を発揮できると信じている。だがそれは夢想にすぎず、結局、男たちの自己中心的な支配の囲いの中で自由を奪われる。男は女に、男の高みに立っていると思わせておいて、その実、男の束縛から逃れられないところに追い込む。ヘッダが、そこからの〈解放〉として死を選ぶことをどう見るにせよ、『人形の家』から十一年たった『ヘッダ・ガブラー』において、ヨーロッパ社会の男性支配構造の複雑さはその極みに達している。確かにイプセンは、この劇で社会問題を扱ったのではなく、人間のあり方を「できるかぎり正確に細部にわたって」描いたのだと言った。注4
だがその裏から、どうしようもなく問題性の滲み出てくるところに、イプセン独自の劇思考がある。

『ヘッダ・ガブラー』の最初の日本語訳は、雑誌『心の花』に一九〇七（明治四十）年一月号から翌年五月号まで連載された。これは三幕まであったが、全訳として、一九〇九（明治四十二）年十一月に易風社から単行本として出版される。訳者は千葉掬香。この訳による上演は、一九一二（明治四十五）年一月に、東京ステージ・ソサエテイという劇団によってなされた。これが『ヘッダ・ガブラー』の本邦初演とされる。実はその前に、この劇の翻案『社会劇鏑木秀子』の上演があった。一九一〇（明治四十三）年七月の文芸協会内部の上演である。土肥春曙の訳で、全訳は、翌年三月に春陽堂から出版された。翻案とはいうものの、人物名や地名を日本に直し習慣などいくらか日本風に訂正したところはあるが、ほとんどは原作にしたがった翻訳と言ってよい。だがこの試演は、外部の者に見せられることはなく、翌一九一一（明治四十四）年九月の『人形の家』試演会とは違って、一般公演へと進むこともなかった。

当時創刊された女性雑誌『青鞜』は、その第一巻第一号（明治四十四年九月）に、メレジコウスキーの「ヘッダ、ガブラー論」を載せ、第二号（明治四十四年十月）では、『ヘッダ・ガブラー』の作品合評を掲載している。これは、『青鞜』代表の平塚らいてうが関心を持っていたからだろうか。しかし、合評はHとYのたった二人だけで、Hつまり平塚らいてうは、ヘッダをかなり辛辣に批判している。らいてうは、同誌の『人形の家』特集（第二巻第一号、明治四十五年一月）でも、ノーラの家出に否定的な見解を示すから、イプセンの〈新しい女〉には同意し難いものを感じていたのだろう。それでも、イプセンを論じることの重要性は自覚していたということだろうか。

ヘッダを悪女と見るのは、日本でも一般的だった。だが、前述のメレジコウスキーは彼女に共感するところを見せているし、合評のもう一人Yは、はじめ読んだとき嫌悪感を催したが、二度目に読んでみると、全体が面白く、イプセンの非凡な技倆に感心したと述べている。千葉掬香の訳本に序文を書いた坪内逍遥は、イプセン劇の中では『ヘッダ・ガブラー』をもっとも評価すると言い、それはイプセンのイズム臭がいちばん薄いからだという。この頃になると、日本のイプセン熱も大いに高まっていて、欧米のイプセン論もかなり読まれていたから、千葉掬香は彼の訳の解説で、英独の主だったイプセン論を要約し、多くはヘッダを否定的人物に見るが、それにもかかわらず、「何となく、我々の同情を惹かしめるのは、其の特殊な個人性を有して居ること」[注5]にあると書いた。

しかし、『ヘッダ・ガブラー』の日本の人気は、ヨーロッパと違って、あまり高まらなかったようである。土屋康範氏の作成した上演年譜によると、初演のあと、同じ年に近代劇協会が上演したが、それ以来、大正、昭和を通して、戦後まで新劇による『ヘッダ・ガブラー』上演は皆無だった。戦後最初の上演は、一九五〇（昭和二十五）年のピカデリー実験劇場第七回公演で、田村秋子のヘッダ、千田是也のレェーヴボルグなどの舞台は大いに評判を呼んだ。だが、その舞台を見た小林秀雄は、普通の観客にはヘッダの妊娠に気づくのが難しいのではないかと書いている。それは演技者のせいだけでなく、翻訳にも理由があるのではないかと。注6 イプセンの訳は、すべて英訳か独訳からの重訳だった。小林秀雄が、そのことを問題にしていないのは不思議だが、彼はイプセンのリアリズム劇をすべて精読して彼なりの理解をもち、独自の共感をイプセンに感じていたようである。

イプセン劇がノルウェー語から訳されるのは、戦後のことである。原典からの訳で上演された最初は、土屋氏の年譜によると、一九六七年十月に、文学座が私の訳で、『ロスメルスホルム』（加藤新吉演出）をアトリエで公演したときだった。ついでに言うと、その二か月後の十二月に、同じアトリエ公演として、内村直也訳・演出の『ヘッダ・ガブラー』が上演された。ヘッダを演じたのは杉村春子。チェホフ女優杉村の稀なイプセンだった。

（もうり・みつや）

（注1）*Morgenbladet* 一八九〇年十二月二十一日付。

（注2）Errol Durbach, 'The Apotheosis of Hedda Gabler,' *Scandinavian Studies*（Spring 1971）, p.145.［Reprinted in E. Durbach, *Ibsen the Romantic.*］

（注3）このパロディ対応関係を、私は『イプセンのリアリズム』（一九八四）で指摘していたが、英文では、Mitsuya Mori, "*Hedda Gabler, A Parody of A Doll's House?*"（*Ibsen Studies*, Vol. 6-2, 2006.）で詳述した。

（注4）イプセンは、ベルリンの新聞のインタヴューで、「私が試みたのは人間の描写であって、できるかぎり正確に、できるかぎり細部にわたって描くことだけだった。」と述べた。だが、そのあとに、この劇には「いくつかの新しい悪魔の戯れ（einige eue Teufeleien）」が含まれていると付け加えたという。（H.Koht, 'Inledning,' *Henrik Ibsen samlede verker*, Hundreårsutgave, XI, Oslo: Gyldendal Norsk Forlag, 1934, S.283.

（注5）千葉掬香「ヘダ・ガブラア小引」、『ヘダ、《ママ》ガブラア』千葉掬香譯、易風社、明治四十二年、八一九頁。

（注6）小林秀雄「ヘッダ・ガブラー」、『新訂　小林秀雄全集第八巻』所収、一九七八年、新潮社、三五三頁以降。

訳者あとがき

『ヘッダ・ガブラー』の翻訳には、いろんな思い出がある。一九七一年にノルウェー国立劇場が来日して『人形の家』と『ヘッダ・ガブラー』を上演したとき、私は同時通訳用に翻訳し、スーパバイザーとしてかかわった。地方巡演にも同行して、俳優さんたちを、あちこちの名所に案内したりしたが、おかげで、私のノルウェー語の会話力が少しは向上したと思っている。

イプセン生誕一五〇年記念の一九七八年には、俳優座が私の翻訳で『ヘッダ・ガブラー』を上演した。このとき、劇団昴も同じ劇を福田恆存訳、演出で上演したので、両劇団の競演のかたちになった。そのあと、福田氏は二つの舞台を比較した劇評を『テアトロ』（一九七八年九月号十月号）に載せ、ことに私の翻訳の誤り、拙劣さを事細かにあげつらった。青くなった私は、あわてて自分の訳を見直してみた。ところが、彼の指摘はことごとく的外れか誤解だっただけでなく、彼の訳のほうこそ間違いが少なくない。私は次の『テアトロ』（一九七八年十二月号）に反論を書いたが、残念ながら、〈翻訳論争〉はそれ以上つづかなかった。福田氏は英訳によって台本を作成していたらしい。私は重訳に必ずしも反対ではないけれども、イプセンのような微妙な対話に満ちた劇では、他の言語に訳されたものでは誤解される可能性が高いだろうと思う。

そもそも、イプセンの意味するところを、意図されているようなニュアンスで日本語の舞台せりふにするのは至難の業と言っていい。原作ではあからさまでなく表現されているので、その意味合いが観客に通じないだけでなく、実は俳優にも理解されていないのではないかと思う舞台も、しばしばある。

ところが、世界のイプセン上演の趨勢を見ると、一九六〇年代あたりから、リアリズム劇批判の一般的風潮によるのだろうが、こまごましたイプセンのト書きは無視される傾向が出てくる。反心理主義的舞台ということで、せりふを削除したりつけ加えたりする。二〇〇六年に見たオスロの国立劇場の『ヘッダ・ガブラー』は、一時間足らずで終わってしまったので、さすがに驚いたが、最後のブラックのせりふをはじめ、よく知られたせりふがことごとく無くなっていた。代わりに、ヴェランダの外に色鮮やかな外の景色が広がっている。古典劇上演のドラマ軽視は視覚性重視にとって代わられ、現代美術の動向を受けて、非現実的、ときに醜悪さを狙ったりする。その感覚性重視は演技にも及んで、奇妙な動きや振る舞いが、意味提示ではなく感覚の刺激を目指す。

こういう風潮は、日本の若い劇団の近代古典劇上演にも見られるようになった。私はそういう演出にも、必ずしも否定的ではないが、イプセン劇の意味深長な奥行きを捨てるのはもったいない気がする。それを理解したうえで、さまざまに処理するなら、あるいは面白いものになるだろう。ヨーロッパでは、そういう舞台もときには現われる。しかしながら、近年のノルウェーのイプセン劇上演には、昔の心理主義的舞台ではないが、あえてドラマ復権と呼んでもいいような新しい試みが出てきているように思う。日本ではどうであろうか。

この翻訳では、原典にできるだけ忠実でありながら、舞台のせりふとして成り立つように心がけたが、この訳に基づいて上演するとき、演出意図にしたがって言葉遣いを変えたり、脚色をほどこしたりすることは当然あってよいだろう。

世間のコロナ禍のなか、今回も論創社の森下雄二郎さんにお世話になった。心からお礼申し上げる。このあとも、この近代古典劇翻訳シリーズが、それほど滞りなく進むことを願っている。

毛利　三彌

二〇二〇年師走

イプセン劇作品成立年代

（イプセンは、一八二八年三月ノルウェー東南の港町シェーエンで生まれた。）

一八五〇年　『カティリーナ』*Catilina*

『勇士の墓』*Kjæmpehøien*（初演）

一八五一年　『ノルマまたは政治家の恋』（パロディ劇）*Norma eller En Politikers Kjærlighed*

一八五三年　『聖ヨハネ祭の夜』*Sancthansnatten*（初演）

一八五五年　『エストロートのインゲル夫人』*Fru Inger til Østeraad*（初演）

一八五六年　『ソールハウグの宴』*Gildet paa Solhoug*（一八八三年改訂版 *Gildet på Solhaug*）

一八五七年　『オーラフ・リッレクランス』*Olaf Liljekrans*（初演）

一八五八年　『ヘルゲランの勇士たち』*Hærmændene paa Helgeland*

一八六二年　『愛の喜劇』*Kjærlighedens Komedie*

一八六三年　『王位継承者』*Kongs-Emnerne*

（一八六四年、国を出てイタリアに行き、その後、主にローマ、ドイツのドレスデン、ミュンヘンに住む。）

一八六六年　『ブラン』（劇詩）*Brand*

一八六七年　『ペール・ギュント』（劇詩）*Peer Gynt*

一八六九年　『青年同盟』*De unges Forbund*
一八七三年　『皇帝とガリラヤ人』（歴史劇二部作）*Kejser og Galilæer*
一八七七年　『社会の柱』*Samfundets støtter*
一八七九年　『人形の家』*Et dukkehjem*
一八八一年　『ゆうれい』*Gengangere*
一八八二年　『人民の敵』*En folkefiende*
一八八四年　『野がも』*Vildanden*
一八八六年　『ロスメルスホルム』*Rosmersholm*
一八八八年　『海夫人』*Fruen fra havet*
一八九〇年　『ヘッダ・ガブラー』*Hedda Gabler*
（一八九一年、長年の外国生活から故国ノルウェーに戻り、晩年を過ごす。）
一八九二年　『棟梁ソルネス』*Bygmeter Solness*
一八九四年　『小さなエイヨルフ』*Lille Eyolf*
一八九六年　『ヨン・ガブリエル・ボルクマン』*John Gabriel Borkman*
一八九九年　『私たち死んだものが目覚めたら』*Når vi døde vågner*
（一九〇六年五月首都クリスチアニア、現オスロで逝去。）

[訳者]

毛利三彌（もうり・みつや）

成城大学名誉教授（演劇学）

文学博士、ノルウェー学士院会員、元日本演劇学会会長

主著書：『北欧演劇論』、『イプセンのリアリズム』（日本演劇学会河竹賞）、『イプセンの世紀末』、『演劇の詩学―劇上演の構造分析』

主編著：『東西演劇の比較』、『演劇論の変貌』、『東アジア古典演劇の伝統と近代』（共編）

主訳書：『北欧文学史』（共訳）、『イプセン戯曲選集－現代劇全作品』（湯浅芳子賞）、『ペール・ギュント』、『イプセン現代劇上演台本集』

主な演出：イプセン現代劇連続上演演出

ヘッダ・ガブラー　近代古典劇翻訳〈注釈付〉シリーズ

2021年3月20日　初版第1刷印刷
2021年3月31日　初版第1刷発行

著　者　ヘンリック・イプセン
訳　者　毛利三彌
発行者　森下紀夫
発行所　論 創 社
東京都千代田区神田神保町2-23　北井ビル
電話03(3264)5254　振替口座00160-1-155266
装釘　宗利淳一
組版　フレックスアート
印刷・製本　中央精版印刷
ISBN978-4-8460-2039-2　